Tucholsky Wagner Zola Scott Sydow Freud Schlegel
Turgenev Wallace Fonatne
Twain Walther von der Vogelweide Fouqué Friedrich II. von Preußen
Weber Freiligrath Frey
Fechner Fichte Weiße Rose von Fallersleben Kant Ernst Richthofen Frommel
Hölderlin
Engels Fielding Eichendorff Tacitus Dumas
Fehrs Faber Flaubert
Eliasberg Ebner Eschenbach
Feuerbach Maximilian I. von Habsburg Fock Zweig
Ewald Eliot Vergil
Goethe London
Elisabeth von Österreich
Mendelssohn Balzac Shakespeare Dostojewski Ganghofer
Lichtenberg Rathenau Doyle Gjellerup
Trackl Stevenson Hambruch
Mommsen Tolstoi Lenz Droste-Hülshoff
Thoma Hanrieder
von Arnim Hägele Hauff Humboldt
Dach Verne Hagen Hauptmann
Reuter Rousseau Gautier
Karrillon Garschin Baudelaire
Defoe Hebbel
Damaschke Descartes Hegel Kussmaul Herder
Schopenhauer
Wolfram von Eschenbach Dickens Hegel Rilke George
Darwin Melville Grimm Jerome Bebel Proust
Bronner Horváth Aristoteles
Campe Voltaire Federer Herodot
Bismarck Vigny Barlach Heine
Gengenbach
Storm Casanova Tersteegen Grillparzer Georgy
Lessing Gilm
Chamberlain Langbein Gryphius
Brentano Lafontaine
Claudius Schiller Kralik Iffland Sokrates
Strachwitz Schilling
Bellamy Raabe Gibbon Tschechow
Katharina II. von Rußland Gerstäcker
Löns Hesse Hoffmann Gogol Wilde Vulpius
Gleim
Luther Heym Hofmannsthal Morgenstern
Klee Hölty Goedicke
Roth Heyse Klopstock Kleist
Luxemburg Puschkin Homer Mörike
La Roche Horaz Musil
Machiavelli
Navarra Aurel Musset Kierkegaard Kraft Kraus
Lamprecht Kind Kirchhoff Hugo Moltke
Nestroy Marie de France
Laotse Ipsen Liebknecht
Nietzsche Nansen
Marx Ringelnatz
von Ossietzky Lassalle Gorki Klett Leibniz
May
vom Stein Lawrence Irving
Petalozzi Knigge
Platon Kafka
Sachs Pückler Michelangelo Kock
Poe Liebermann
de Sade Praetorius Mistral Zetkin Korolenko

Der Verlag tredition aus Hamburg veröffentlicht in der Reihe **TREDITION CLASSICS** Werke aus mehr als zwei Jahrtausenden. Diese waren zu einem Großteil vergriffen oder nur noch antiquarisch erhältlich.

Symbolfigur für **TREDITION CLASSICS** ist Johannes Gutenberg (1400 — 1468), der Erfinder des Buchdrucks mit Metalllettern und der Druckerpresse.

Mit der Buchreihe **TREDITION CLASSICS** verfolgt tredition das Ziel, tausende Klassiker der Weltliteratur verschiedener Sprachen wieder als gedruckte Bücher aufzulegen – und das weltweit!

Die Buchreihe dient zur Bewahrung der Literatur und Förderung der Kultur. Sie trägt so dazu bei, dass viele tausend Werke nicht in Vergessenheit geraten.

Hollin's Liebeleben

Achim von Arnim

Impressum

Autor: Achim von Arnim
Umschlagkonzept: toepferschumann, Berlin

Verlag: tredition GmbH, Hamburg
ISBN: 978-3-8424-6773-6
Printed in Germany

Achim von Arnim

Hollin's Liebeleben

Roman

Ein Freund bat mich auf seinem Sterbebette um die Erfüllung einer Bitte. Ich versprach, ohne einen Augenblick mich zu besinnen, da das Flockenlesen und andere Zeichen den nahenden Tod verrieten. Mit der Anstrengung aller übrigen Kraft zog er ein kleines Bündel Schriften aus dem Überzuge des Kopfkissens hervor und gab es mir mit dem Auftrage, zur Verheimlichung des Verfassers das Buch unter meinen Namen drucken zu lassen; dann drückte er mir die Hand und starb ruhig. –

Ich bin nicht abergläubig, aber die Bitte eines Freundes ist mir heilig. Ich habe sie erfüllt: und ich wünsche dem Leser alle Freude, die mir das Buch mit der Erinnerung an den Freund geschaffen.

L. A. von Arnim

Odoardo an den Leser

Unser Zeitalter ist gleich arm an Liebe wie in der Liebe – die Jugend eilt und bald folgen ihr die süßen Erinnerungen. Mit den Gesängen seiner Liebe benährt der Jüngling die Blumen eines empfundenen Frühlings, aber das Lied verhallt und die Zeugen seines Glücks verwelken. Schmerz und Freude, Sehnsucht und Hoffnung bezwingt, wie ein gewaltiger Tanz, die schöne Wirklichkeit des Lebens. Wo ist der Glanz deiner Augen, Marie, – die süße Beredsamkeit deiner Lippen und der Frieden deiner Nähe? Darum sollten alle Gebüsche, die mit uns groß wurden, ihr vertrauter Schatten und das befreundete Girren der Tauben dem verständigen Manne nicht deswegen allein heilig sein, weil sie Erinnerungen der unbemerkt verschwebenden Jugend sind. Der holde Traum muß ihm gegenwärtig bleiben und die Glut des Frühlings sich im glänzenden

Sommer wieder erkennen. Dann erwacht zu einer neuen wundervollen Blüte im schönen Herbste der Fruchtbaum, breitet sich aus, und schattet freundlich. Bald welkt auch diese Blüte im Winterfroste, und es fliehen die wechselnden Farben – aber blütenreicher wird der helle blinkende Reif sich einspinnen. So verdrängen Blüten die Blüten und der Tod ist die schönste farbigste Blüte.

An Hollin

M. den 10. Dezember.

Wir waren doch recht froh mit einander, und ich erkenne das erst, seit ich nichts fühle, als den bangen, beklommenen Abschied von Dir, – ob wir je so froh uns wiedersehen? – Mein Vater freut sich, daß Du mich beredet, jetzt schon die Schule zu verlassen, er ist viel schwächer geworden und bedarf bald meiner Beihülfe, aber wie mag der alte Rektor, der es immer so gut mit uns meinte, mit dem Kopfe geschüttelt haben, als er auf unsre Sitze zusammenrücken lassen. – Bald rücken andre auch in sein Gedächtnis, es kömmt ein andrer, der uns nicht kannte, und vertreibt sogar unsre mühsam eingeschnittenen Namen von den Bänken, oder ziert sie mit schändlichen Kronen, nur aus Menschenliebe. Es ist wahrhaftig kein Stolz, daß es mich quält, wo wir so manchen Tag verlebt, bald vielleicht bis auf den Namen vergessen zu sein. Warum muß ich gerade, da sie mir so schmerzlich ist, die Erinnerung aller Menschen, die ich je verließ, bei mir tragen; bei jedem neuen Verluste sie unwillkürlich, wie in einem Zauberspiegel, vor mir vorübergehen lassen, warum müssen sie selbst in Träumen mich umlagern, in Ahndungen und eingebildeten Erscheinungen mich bange machen. Wenn mir es nicht alle bestritten und behaupteten, es wäre unmöglich der Zeit wegen, ich glaubte selbst meine Amme noch zu sehen, wie sie mir beim Abschiede in meinem ersten Jahre die Brust reichte, mich an sich drückte und eine Träne auf mich fallen ließ. Aber sicher ist es, ich sehe noch aus meinem zweiten Jahre, wie ein alter treuer Hund, das einzige Wesen mit dem ich mich ganz verstand, sich in die helle Morgensonne legte, die Füße ausstreckte und still ward. Ich kannte den Tod noch nicht, und glaubte, wie alles umher, ewig zu dauern; ich herzte ihn liebevoll und sorgfältig, bis mein Vater ihn mir mit Strenge nahm. Ich habe ihn lange nicht vergessen, ich träumte ihn immer neben mir, wie er mir riet und Beistand leistete. Das alles kann ich mir jetzt ruhig denken, aber aus den spätern Jahren vermag ich nichts Dir niederzuschreiben, es schien mir, ich wolle mit meiner Empfindung mir ein Fest bereiten. Doch vergesse ich sie nie, alle Eindrücke, die oft mit unerklärlicher Stärke mich ganz bestimmten, wie ich mich hingezogen fühlte zu Dir, bei Deinem ersten Anblicke, wie wohl mir ward mit Dir, wie ich allmählich aus Deinem frohen Mutwillen Mut zum Leben einsog; wie ich es mit Dir auszugleichen suchte, indem ich Ernst in Deine leichten Eingebungen des Augenblicks mischte. – Ich bin Dir viel schuldig geblieben. – Du denkst und fühlst das Vergangene anders, Du lässest die Erinnerung nicht da stehen, wie sie Dich verlassen, sondern bildest die Freunde weiter fort, und stattest sie aus mit Ruhe und Zufriedenheit, während Dich Sehnsucht und unerfüllte Wünsche umher treiben. Lieber, guter Freund, warum verschwendest Du an die Erinnerung, woran Du im Leben darbst? – Wenn ich Glück und Hoffnung genug für mich hätte, keinen andern möchte ich damit zufrieden machen, als Dich. – Ich bin so traurig geworden, daß ich Dir erst im nächsten Briefe von der Universität schreiben kann. Gutes werde ich Dir nicht davon sagen können, aber warum sollte sie andern, warum Deinem N. nachstehen, komm hierher, wenigstens findest und beruhigst Du Deinen Freund.

Odoardo

An Odoardo

N. den 15. Dezember.

Odoardo, lieber Odoardo! Du bist krank, – oder es ist dort nicht wie hier. Armer Freund, daß Dein Vater Dich hindern mußte, hierher zu kommen! – Alle Träume sind glänzender mir erfüllt, als die kühnste Hoffnung sie bildete, alles rauscht umher im regsamen Strome des lebenvollsten Lebens. Himmel! welch ein Gefühl, als ich die ersten Spitzen der Türme, und immer mehr, endlich die ganze herrliche Freistadt der Jugend aus der Ebene hervortreten sah! Noch ist er nicht verhallt in mir der innere Ruf nach Freiheit, der mich damals bei dem Aufgange ihrer Morgenröte zu den kühnen Spielen als Kind schon auftrieb, die mir so hart geahndet wurden. Ringt nicht jedes Wesen nach seinem Gesetze, alles, vom Sonnenstäubchen an, nach Licht und Freiheit: die Keime durchbrechen die kalte Erdenrinde, und blühen und tragen Früchte nur in der freien Himmelsluft; die Vögelbrut im warmen Neste versucht noch flatternd aufzusteigen, und jubiliert hellklingend in den blauen Luft-Revieren, alles hebt sich, tanzt und springt empor im Frohgefühle des Lebens; die stummen Fische selbst im Sonnenschein verlassen ihr Element und schlagen sich empor, und rauschen über seine Fläche hin. Und wir, frei aufgerichtet zur Mittagssonne, die einzig ausgezeichnet vor aller Kreatur, den Himmel vor uns und unter uns die träge Weltkugel schauen, und sie in Luft, Wasser und Erde umkreisen, unmöglich sollen wir den hohen, belebenden Trieb, die Fülle der schwellenden Kraft und Freude eindämmen, von der höchsten Sprosse der Stufenleiter aller Wesen, auf welche die bildende Natur in der Anspannung aller Organisation uns hob, aus dem Sammelpunkte alles Lebens uns herabstürzen, allen kühnen, dehnenden, ausbreitenden Geist im trägen Kleinmut des Bürgerlebens ersticken! – Alle Wärme, alles Gefühl der Jahre, die bedächtig langsam mir auf den Schulbänken entflohen, drängte sich auf diese Minuten zusammen, eine neue Sonne schien mir aufgegangen, klar vor mir ausgebreitet war alles Künftige, Wissenschaft und wechselnd Leben buhlten um mich, da traten Philosophie und Poesie herbei, und Wissenschaft und Leben war verschwunden, mit Blüten bekränzt war ernsthaft der Scherz und der Ernst Scherz geworden. – Ich erwachte aus meinen Sinnen und sehnte mich nach dem Ziele meiner Wünsche, der Wagen schien mir unerträglich langsam fortzuschleichen, ich hob mich tausend Mal vom Sitze und fluchte des schlechten Weges. Bald kam eine Schar in wunderbar herrlicher Kleidung, wie Ritter mit Helm und Schwert, ohne einen von uns zu kennen, mit allen freundlich, und voll Zutrauen und Scherz. Es waren Studenten und Landsleute, sie gesellten sich als künftige Brüder zu uns, wir frühstückten zusammen in einem freundlichen Dorfe, das rings um den schönen Park eines Gutsbesitzers liegt. Der Wirt und seine Kinder empfingen uns mit dem traulichen Du und drückten uns die Hand, alle Grenzscheidung, alle Verkrüppelung, alle Schäden der Staaten und ihrer Verfassungen waren geheilt, gleiche Redefreiheit, Trunk und Speise war den Landleuten, unserm Fuhrmann im beteerten Schafpelze und uns gemeinschaftlich. Selbst die Weiber ließen sich freundlich von den Unbekannten küssen – verbrüdert uns nicht alle menschliche Gestalt, ist nicht die Liebe frei und ist es nicht die eigentlichste Sympathie, das innerste Band der Menschen, alles liebevoll zu umfassen und in sich aufzunehmen?

Hollin

An denselben

N. den 25. Dezemb.

Ich bin in einer heimlich-öffentlichen Verbindung unsrer Landsleute aufgenommen. Es ist ein schöner Kreis, der sich mir eröffnet, auf mein Vaterland schon in den Frühjahren nützlich zu wirken, wo man gewöhnlich nur für sich emportreibt ohne andern Schatten zu geben. Unverkennbar ist es schwerer, den freien Jüngling zu leiten als den Mann, es ist leichter, den Enthusiasmus zu erregen als zu lenken, leichter zu revolutionieren als zu regieren, ich verkenne es auch nicht, daß die Eitelkeit vielen meines Alters als Führer vorzugehen, mich befeuert, aber wahrlich darum ist es nicht allein. Es regt sich in mir ein bestimmtes Gefühl, daß ich früh anfangen soll, die Schuld gegen das Vaterland abzutragen, weil es mir späterhin vielleicht nicht mehr vergönnt sein möchte; es ist mit dem Gefühle genau vergesellschaftet, das mich oft ernsthaft machte mitten in der Begeisterung des Weins, als würde ich immer weniger, so wie ich mehr Fremdes auffaßte, als nähme die Fülle meiner Kraft und Gefühle mit dem längeren Ausziehen des Lebens ab. Wenn doch einmal ein ungerechter Angriff unser Land zur Verteidigung zwingen sollte, warum ist es nicht jetzt? – Wir sind noch in dem Zustande des natürlichen Kriegs aller gegen alle, dieser Antagonismus hebt die Trägen und stärkt die Schwachen. Zu den Wagenübungen kommen wir auf einem großen Saale mit eingeschlagenen Fenstern zusammen. Meine Schulübungen im Fechten, worüber Du oft so ärgerlich wurdest, setzen mich in den Stand, es mit den meisten aufnehmen zu können. Hier werden auch die Angelegenheiten unserer Landsmannschaft besprochen, die jetzt in einem Kampfe gegen alle übrigen begriffen. Darin verwickelt ist ein gemeinschaftlicher Krieg gegen die Orden. Zur Entschädigung für diese Abhaltungen müssen sie nachher alle meine Lieblingsdichter und Philosophen sich vorlesen lassen; die meisten finden schon Geschmack daran, die übrigen wollen wenigstens davon mit reden können. Wird es finster, so gehen wir gemeinschaftlich auf Abenteuer aus,

9

man stellt uns nach, ohne uns zu erraten. Der Weihnachtsmarkt ist jetzt unser Tummelplatz. Er hat seinen alten Reiz auf mich nicht verloren. In den bunten Lichtschein zwischen den Gassen der kleinen Spielstadt, plötzlich außerhalb im Dunkeln, fast geblendet, ziehen wir fröhlich mit Kindern und Kindertrommeln, und mit kleinen Trommeten durch die Gassen der wirklichen Stadt, die uns zum Spiele dient; wir vermummen uns und spielen der Jugend und lachen des Alters, wo wir das Alter beweinen werden.

Hollin

An Hollin

M. den 7. Januar.

Sieh einmal ruhig umher und weiter, jedes Leben hat seine Schauseite und die wird gewöhnlich vorgelegt.

Alles ist hier unerträglich einförmig, bis auf die untergeschobenen, auswendig gelernten Einfälle. Ein paar lächerliche Namen, ein Dutzend Scherze über Dinge des täglichen Gebrauchs, dieselbe tägliche Manier arme Leute, die sie nicht fürchten, zu beleidigen, viel Erzählung ehemaliger Tapferkeit, Ernst ohne Würde, Spaß ohne Salz, scheinen das Charakteristische auszumachen. Wie Besessene laufen Hunderte in die Hörsäle um dort zu schlafen, oder glauben das Ihre getan zu haben, zu begreifen, wenn sie nur hören und schreiben, stehen früh auf um keine Arbeit mit Lust durchzuführen, und gehen endlich in Gesellschaft, oder Sonntags im Festschmuck zu den Lehrern, um ihren Geist auszuschmücken und auszubilden. Und doch ist jede allgemeine Ausbildung verbannt, keine Philosophie, kein Enthusiasmus: damit ja keiner zurückbleibe, dürfen die raschen Läufer hinken, wer nicht platt ist, wird aberwitzig genannt, wer Poesie liebt, ein Kraftgenie; wer gar einen andern als den hergebrachten Spaß treibt, von dem heißt es, er wolle etwas vorstellen. Die Liebe, wie jedes andre Gefühl ist ihnen absurd, statt dessen langeweilen sie die Frauen in den Gesellschaften durch ein stummes Hofmachen, oder man erzählt in der einen Zusammenkunft, daß bald wieder eine der Art sein werde, und sagt es sei voll oder leer, heiß oder kalt, das alles mit der nötigen ernsthaften Wichtigkeit. Haben sie dann bei Tische einigen Wein genossen, so werden sie unter einander grob, nach ihrer Art genialisch, sagen den Frauen Unanständigkeiten, diese stellen sich verwundert, fliegen auf, versichern nie wieder mit denen zu sprechen, und werden von ihren Beleidigern nach Hause geführt. Und so kömmt es abermals und abermals wieder, und sie bleiben bei aller Bewegung auf einem Fleck, wie der Stier im Tretrade.

Du bist jetzt wieder gar kriegerisch, da fändest Du hier gerade Deine Rechnung, alle Tage schlägt man sich, die besten Freunde so gar, wenn sie einander auch gar nicht böse sind, und wenn es wirklich hier Freundschaft gibt, wo die Gewohnheit mit einander zu essen, oder auszureiten, sie bildet, bindet und wieder auflöst. Das einzige Gute bei allen den Zweikämpfen scheint mir zu sein, daß alles ohne sonderlichen Schaden abgeht.

Odoardo

An Odoardo

R. d. 30. Januar.

Mitternacht. Alles stürmt auf mich ein! – Ist dies das Leben, verwandelt sich nicht alles in meiner Hand in Tod! – Ich habe lange geharrt, ehe ich Kraft und Ruhe mir zutraute, Dir den unseligen Vorgang zu erzählen, der mich hier am fremden Orte, angstvoll wachend an das Bette eines Sterbenden, eines Ermordeten bannt, mich erdrückt, ewig unglücklich macht, doch vergebens. Alles schreckt mich auf, der nagende Wurm, dies aufreißende Holz, ein jedes Geräusch, als wenn es zu meiner Angst einen Bund gemacht hätte. Auch Du ewige gütige Natur schreckst mich in deiner Trauer; das Feuer scheint und wärmt nicht, außen wirbelt der Wind den Schnee auf und pfeift in den dürren Zweigen, Tiere heulen im Froste. Ihr Sterne alle bergt matt durchschimmernd euch hinter dem dichten Wolkenschleier, über den tausend Schreckgestalten in raschen Zügen hinschweben. Darf ich nirgends hinblicken, Schreckbilder erstehen, wohin mein Auge reicht, Blut auf dem Estrich, auf dem Bett, vor dem Feuer hingestreckt der sorgenvoll schlummernde alte Diener, – ach ich mordete seine Hoffnungen. Ich muß dem herrlichen Leben, der Freude des goldenen Lichts entsagen, W ihm meine Augen schließen, darf nicht mitteilend dem Freunde, meine Angst mindern – wenn es ewig so sein müßte!

*

R. den 3. Februar.

Es gibt noch Glück, noch Freude für mich, ich weiß es Du freust Dich gleich lebhaft mit mir. Rerwy, der Chirurg gibt Hoffnung, viel Hoffnung, fast Sicherheit zur Herstellung. Jetzt zur Erzählung. Ich schrieb Dir von dem Streite unsrer Landsleute, er gedieh so weit, daß wir Mann gegen Mann uns schlagen sollten, ich wußte es indessen dahin zu bringen, daß einer von jeder Seite als Ausfechter auftreten sollte. Man war in gespannter Erwartung, es wurde soviel davon geflüstert, daß ich selbst endlich die Angelegenheit ernsthaft angriff, und mich zum Verfechter unsrer guten Sache aufwarf. Vergebens war es, daß mein guter Dämon am Morgen der Entscheidung mich warnte, daß ich mich bei dem ununterbrochenen feinen Gestöber in dem tiefen blendenden Schnee verirrte, und als ich es merkte, und meinen beeisten Polaken feldeinwärts laufen ließ, plötzlich auf zwei ernste Männer stieß, die sich bei einem Sarge, das sie getragen, ermattet niedergesetzt hatten, vergebens, daß sie mich warnten, bei den Weiden des Dorfs in keinen Graben zu stürzen, daß sie mir sagten, sie wollten eben dahin. Ich eilte verblendet fort, um nicht zu spät anzulangen, und kam zur rechten, aber zur bösen Stunde an. Keiner kannte seinen Gegner, wir erwärmten uns allesamt in der engen Wirtsstube, ich trank mit meinem lustigen Lenardo, den einzigen Menschen, den ich Dir beschreiben kann. Fast seit der Geburt unter Studenten, hat ihn ihr Umgang vielleicht eher gehoben, als verdorben. Sein Vater in M. wollte ihn einschränken, darum suchte er, und fand hier den vollen Genuß der Freiheit. Er ist offen ohne Zweck, die Lustigkeit ist ihm Bedürfnis, darum liebt er Wein, Spiel und Mädchen. Fleißig zum Scherz, mutig ohne es zu wissen, nie Beleidiger fast immer Versöhner beim Weine, ist er mit allen gut freund, keines Freund, er hat so viel Bekanntschaften gemacht, so viel Trennungen gesehen, daß ihm alle sehr leicht werden. Er ist der einzige hier ohne Stammbuch, der in allen Stammbüchern sich findet, der keinen vergißt, mit dem alle Memorabilien erlebt haben, und der selbst keine aus seinem Leben weiß, dem überhaupt die vergangene Zeit völlig vergangen, dem die Zukunft erst kömmt. Witz hört er gern von andern, er selbst hat ihn nur betrunken, er führt gern an im doppelten Sinne, bildet es aber noch lieber andern ein, rasch im Wetten, aber selten glücklich, glücklich im Spiele gewinnt er doch selten, weil er nur im Unglücke wagt. Doch kein Wort weiter, ich merke, daß meine Beschreibungen so lang werden, wie die Definitionen mancher Philosophen. Er hatte mir eben von dem Orden der Verschwiegenheit und seinen merkwürdigen Statuten erzählt, ich ihm als Gegenstück vom Orden *de l'attrape*; er stieß mit dem Glase an, versicherte, wir wären einander zu klug, wir müßten alles gemeinschaftlich treiben, da brach alles auf, um in den weißen Saal zu gehen, den der kleine glühende Eisenofen wenig erwärmt hatte. Ich stellte mich, Lenardo mir entgegen. Diese Überraschung war mir unangenehm, er erinnerte lachend an den Orden, wir umarmten uns, er legte sich aus und – den Erfolg weißt Du aus dem Anfange meines Schreibens. Noch stand ich in tiefer Betäubung, es schien mir alles umher zu drehen, da erwachte ich schreckhaft bei dem Anblicke des blutigen Bodens. Lenardo war an der Brust verwundet, und fast mit Tücherverbänden erstickt, er klagte, daß er an dem Ofen halb erfriere, halb verbrenne, die andern, daß kein Chirurg gegenwärtig, der Wirt sprach verwirrt bald vom Holze, das er in den Ofen gelegt, von Verschwiegenheit, daß dies das letzte Mal sein sollte, ein andrer warf die Hieber wütend in die Ecke, alle meinten er müsse sterben, ich wagte keinen anzusehn, in jedem Blicke fürchtete ich Vorwurf. Ich eilte sogleich auf meinem Polaken nach der Stadt, kein Weg meines Lebens ist mir länger geworden. Ich suchte den Wundarzt, aber wo ich hinkam, war er eben weggegangen, schon in Verzweiflung darüber traf ich ihn endlich durch Zufall. Er weigerte sich wegen des Verbots, ich setzte ihn fast mit Gewalt auf mein Pferd, und laufe ihm nach. Der Kranke war indessen in einem geheizten Zimmer in ein Bette gelegt, ich gehe voran und finde ihn ohnmächtig, alle umher sehen ihn gerührt an, Rerwy schüttelte mit dem Kopfe und machte den Tücherverband ab, drückte das Blut aus den Wunden und untersuchte sie mit kalter Besonnenheit. Mein Atem führt mit der Sonde auf und nieder, mein Leben hängt sich daran, wie an einen losen Stein über einem Abgrunde. Es scheint im Innern nichts verwundet, sagt er endlich gezwungen freundlich zu mir, doch ist die Wunde nicht ohne Gefahr. Und die Hoffnung hebt mich mächtig, ich sehe keinen Abgrund mehr, ich drücke dem Rerwy die

Hand und muß hinaus um meiner Freude Luft zu machen. Außen erst fällt mir ein, daß er noch von Gefahr sprach, ich kehre traurig um. Die Gefahr ist verschwunden, aber ich fühle mein Innerstes während des Schreibens bewegt.

Hollin

An Odoardo

R. den 12. Februar.

Das Bedürfnis der Unterhaltung hat Lenardo und mich näher einander verbunden, als es je in der bunten Freude des Lebens geschehen konnte. Wir passen zu einander, wie Kern und Schale und müssen es uns wie die Herzkirschen gefallen lassen, daß der eine Vogel diese, der andre jene lieber mag. Ich verlange nach lebendiger Umgebung nach Scherz ohne mühsame Anstalt, er weiß nicht wohin er seine Laune wenden soll, denn eigentlich sehn ihm die Leute einerlei aus. – Der Verheimlichung wegen durften nur wenige zu uns kommen, die übrigen schickten Bücher zu unsrer Unterhaltung. Du hast recht, mehr als Handschrift und Stirnmesser zeichnen uns die Bücher, die wir lieben, nach unsrer innern heimlichen Seite. Was habe ich für wunderliche Schattenrisse gesehen! Denk Dir, ein Jüngling ganz wie Carl der zwölfte gekleidet mit übergezogner wollenen Scherpe, schickt uns die neue Heloise. Du weißt was ich über dieses Buch denke. In der Wissenschaft kann ich es wohl noch ertragen, wenn man mehr Worte als Gedanken findet, aber durchaus widersteht es mir im Leben, wenn mehr gute Vorsätze als gute Handlungen dargelegt werden. Diese Lächerlichkeit der meisten Spieler in diesem Roman, dabei die Gedehntheit, die keine Spannung ist, dazu die verschrobenen Ideen aller über Liebe und Ehe, um welche die ganze Handlung sich dreht, rauben der wirklich poetischen Anlage des Ganzen, ungeachtet des schönen Gegensatzes der Charaktere und des ausgezeichneten Talents Rousseau's Situationen zu erfinden, alles Interesse. Lenardo meinte boshaft, es hätte doch das allen dicken Büchern eigentümliche Interesse, was man selbst schlechten Gegenden abgewinnt, wenn man sich lange darin hat aufhalten müssen. Er sei übrigens mit der Julie[1] ganz einverstanden, daß die Ehe ohne Liebe sein müsse, weil sonst gegenseitiger Zwang in der Austeilung während der Ehe notwendig erfolgte. – Bei einem so mutwilligen Spiele mit dem Allerheiligsten kann ich nicht ruhig bleiben, ich versicherte ihm, daß mir keine andre wahre Ehe als der Bund der Liebe denkbar sei, daß die Liebe freudig alles bewilligen müsse, was sie mehr als die Freundschaft geben kann, daß aber ein Hingeben ohne Liebe, wie Klare und Julie ihren Männern die meisten Ehen <schildern>, die einzige, wahre unerlöschliche Schändung sei, daß die ganze Verbildung und Unnatur unsrer Zeit, ihre ganze geregelte Jämmerlichkeit dazu gehöre, mit dem Feuer der Haushaltung die Liebesfackel anzünden zu wollen. Woher sonst alles langweilige Elend der Weiber, alle sinnlosen Ausschweifungen der Männer und die feile Liebe?

Lenardo versicherte mich mit verrissenem Lachen, ich hätte sehr recht, aber wie die Würfel jetzt lägen, müsse man entweder fortspielen, oder seinen Einsatz verlieren. Mit der Weibertreue sei es ein wunderbares Ding, an einem Abende habe ihm ein Mädchen ewige Treue versichert, von der er eine Woche später durch seine Kunst sich zu verstellen unter andern Namen dasselbe Versprechen erhalten. Nun dachte ich doch sicher, fuhr er fort, ich hätte sie sicher; der Mensch denkt, Gott lenkt, ich dachte ihren ersten Liebhaber anzuführen, und wurde von ihm angeführt. Zum Glück war es nicht meine erste Liebe. Haben die Weiber auch keinen Treusinn, so haben sie doch Leichtsinn, und der ist allemal so viel wert als jener. Der Himmel hat ihnen viel sonderbare Lasten aufgebürdet, wir wollen sie mit keinen unnützen vermehren.

Nachher versicherte er mir, seine Schwester Maria komme bald her, die müsse ich kennen lernen, ich würde sicher mit ihr harmonieren, wegen ihrer Sonderbarkeiten. –

Hollin

---

[1] T. III. p. 99.

An denselben

N. den 10. April.

Meine fliegende Hitze, wie Du es nennst, hat mir einen bösen Streich gespielt. Seit acht Tagen schwebt mir ein Gedanke, ein Bild bei allen Arbeiten vor, es drängt sich zwischen Feder und Papier, ich muß sie weglegen, es hüpft über die Bücher hin, als hätte ich in die Sonne gesehen und grüne und rote Flecken jagten sich über die schwarzen Lettern, selbst der Schlaf ist nicht sicher, ich fahre auf, weil ich glaube zu fallen, für meine Gesellschaften bin ich längst verdorben.

Ich war recht arbeitsam und häuslich, während der letzten Monate, ich wollte die Flur erst in der vollen Frühlingsschöne wiedersehen. Vorgestern ging ich vors Tor, mir ward so leicht, der Atem so frei, die Zeit schien mir die alte, mit tausend freundlichen Erinnerungen kamst Du mir wieder, ich glaubte Dich zu erwarten hier in der Fülle der Natur Deinem Herzen alle Sorge entnommen. Einige sonnige Tage hatten das Laub schnell aufgetrieben; das helle, funkelnde Grün des Eichenlaubs, der rankende Epheu von einem Stamme zum andern, die dichten Gebüsche mit ihren Blüten, durch die der Fußsteig sich mühsam windet, die erwachenden zahllosen Stimmen der Nachtigallen, das Rauschen des aufgehaltenen Stromes, alles fesselte mich auf einer Insel in der Mitte des Flusses zur Feier des Frühlings. Ich hatte lange in dem frohen Gefühle geschwelgt, als der Gedanke der Einsamkeit mitten in dem allgemeinen geselligen Genusse mich aufschreckte. Ich lief umher und suchte noch mehr Freude an mich zu reißen. Von einer alten Frau in der Mühle kaufte ich Herbstfrüchte, sie führte mich nach einer blühenden Bohnenlaube mit Tisch und Bank, ein Knabe mit einer Violine fand sich ein, er mußte sich zu mir setzen. Der kleine Musiker spielte allerlei lustige Weisen, viele Schleifer und schottische Tänze, ich knackte Nüsse dazu, die ganze üppige Natur umher, rankend und treibend in mannichfacher Gestalt, schien aufzuhorchen, die Nachtigallen schlugen wetteifernd dazwischen. Mir wurde ganz froh und beklommen ums Herz, es schien mir alles ein Leichenzug mit einem Hochzeit-Carmen und lustigem Gesang. Da kömmt Lenardo aus dem Gebüsche gesprungen und ruft mir zu, seine Schwester und Nichte hätten ihn gebeten, sie zu der Musik zu führen, er wolle auch sein Versprechen erfüllen, mich mit ihnen bekannt zu machen, sie wären längst neugierig auf mich. Ohne meine Antwort abzuwarten, lief er wieder fort. Nein wahrhaftig, rief es in mir, so soll der herrliche Frühling der Natur mir nicht in der Unnatur moderner Weiblichkeit untergehen. – Ich legte ihnen die Nußschalen auf den Tisch, als Symbol ihrer Liebe und ihres Lebens, der Knabe mußte das Lied anheben: »Brüder, lagert euch im Kreise« u. s. w., und sodann lief ich nach der Mühle, wie schnell ich vermochte. In der Eile schlage ich den falschen Fußsteig ein, ich muß durch das dichte Gebüsch mich zurückdrängen. Als ich nicht mehr fern von der Mühle bin, muß zum Unglück Lenardo mit den beiden Mädchen von meiner Laube schon zurückkommen. Jetzt dachte ich erst daran, wie ich sie beleidigt, meine natürliche Verehrung und Demut gegen das weibliche Geschlecht kam ebenauf, voll Scham und Besorgnis drücke ich mich in dem dichten Gebüsche nieder, ich wage kaum durchzusehen, um nicht wieder gesehen zu werden. Im Vorbeigehen, denk Dir, müssen sie gerade noch von dem Vorfalle reden. Lenardo lachte über die leere Stelle und die leeren Nüsse, die Nichte war böse und machte ihm Vorwürfe, die Schwester, sie war es, wie ich nachher von Lenardo hörte, meinte, es wäre wenigstens ein Zeichen meiner Anhänglichkeit an alte Bekannte, wenn ich den neuen immer so entliefe, ihr sei es außerdem recht lieb, weil sie zu heiter zu Bewillkommnungsreden gewesen. Bei dieser süßen Stimme mußte ich durchblicken, sie mit den Augen begleiten. Ich habe sie bis zum Augenblick ihres Eintritts in die Mühle gesehen, aber will ich sie mir jetzt denken, sie kömmt mir jeden Augenblick anders vor. Ich frage mich wohl tausend Mal, ob sie groß oder klein, blond oder braun gewesen; ich bin neugierig sie zu sehen, aber Lenardo mag ich es nicht sagen, er hält mich für einen Weiberhasser; vorbeigehen mag ich auch nicht, sie könnten ihren Beleidiger dann auch sehen; ich schäme mich vor mir, vor andern, daß ich Abends unwillkürlich mich vor ihrem Hause vorbeitreiben lasse und nach dem Lichte in ihren Fenstern sehe und nicht fort kann, wenn ein Schatten in dem hellen Fenster sich zeigt. In wenigen Tagen reisen sie fort, Lenardo begleitet sie. –

Ich will auch fort, durch Zerstreuung und Ermattung den lächerlichen Eindruck bekämpfen, übermorgen gehe ich allein nach dem Harz.

Hollin

An Hollin

M. den 14. April.

Ich suche meinen Vater in seinen Geschäften zu unterstützen, und bin dadurch zwei Monate an das Bette eines gefährlichen Kranken auf dem Lande gefesselt worden. Du, Guter, hast indessen vielmehr herzlichen Kummer gehabt. Die Herstellung Lenardo's hat Dich beruhigt. Aber sage, wie kann Dich ein Erfolg beruhigen, der nicht Dein Werk ist? Wenn Du ohne eignen Vorwurf einen Zweikampf eingehen kannst, wenn Du glaubst, er sei notwendig, wegen des Mangels unsrer Verfassungen, die gewisse Rechte nicht mit dem nötigen Nachdrucke schützen, so war Deine Verzweiflung über den Ausgang mehr als lächerlich, fühltest Du aber heimlich die Torheit jener angemaßten Rechte auf Ehre bei andern, so mußte der Vorwurf dauern, einerlei, ob Lenardo starb oder gesundete. Du willst Jünglinge leiten und verwickelst Dich selbst in solche Widersprüche, Du glaubst Klugheit genug für andre zu haben, und hast keine für Dich. Laß alles Leiten, Erziehen; das Beispiel erzieht besser als die Vorschrift, es hat doch keinen Wert und keine Dauer, wozu man andre hin betrügt. Welche widrige Rolle spielt der ewig geleitete und gefoppte Emil beim Rousseau, zu dem selbst Sophie in der Liebe kein Zutrauen faßt, sondern sich lieber an den Herrn Hofmeister wendet. Die moralische Erziehung baut Kartenhäuser auf, die beim ersten Anstoße der Originalität zusammenstürzen. Du bildest Dir etwas ein auf Menschenkenntnis, weil Du verschiedene Menschen Dir vorbilden kannst. So verschieden sind sie selten, vielleicht nie, daher fehlen Dir stets die scharfen Ecken, woran Du sie befestigen willst. Wärest Du je arm gewesen, Du würdest Dich vielleicht im Gedränge der Menschen überzeugt haben, daß alle, wenn man das Leben in allen seinen Äußerungen, in seiner ganzen Dauer betrachtet, daß alle gleichviel Raum einnehmen, nur macht sich der eine in der Jugend, der andre im Alter breiter, der eine steht an der Ecke und wird mehr gesehen, aber alle stützen und treiben einander gleichviel – wenn nur nicht eine so traurige öde Straße wäre, über die sie hintreiben! – Mein längerer Aufenthalt beweist mir wieder, daß mein Mißvergnügen mehr in mir als außerhalb seinen Quell hat. Ich werde mit den stilleren, zurückgezogenern Bewohnern bekannt, und finde wieder, daß die sich gewöhnlich am liebsten zeigen, welche die wenigste Ursache dazu haben, so wie sich häßliche Gesichter immer am liebsten im Spiegel sehen. Ich werde Dich am besten mit unsrer Gesellschaft durch die beiden, fast immer mit einander streitenden Pole, Santorin und Roland bekannt machen. Santorin, der mich einführte, ist ein Kosmopolit der besten Art, mit hundert großen Plänen beschäftigt ohne mehr dafür als jeder andre zu tun, doch wird ihm dadurch jede seiner Handlungen wichtig, jedes was auf ihn einwirkte bedeutend, was er mit Eifer ergriffen glaubt er sich allein eigen, was er in wissenschaftlicher Hinsicht sich eigen gemacht neu und eigentümlich, was man ihm sagt glaubt er entweder falsch, oder er hat es schon selbst gedacht; jedem Menschen möchte er nützen, wenigen ihretwegen, den meisten wegen des allgemeinen Besten; seine Freunde ausgenommen sieht er alle tief unter sich, zuweilen ist ihm, als ob er an sich selbst verzweifeln möchte, aber er wird es nie. Zu unsern wissenschaftlichen Unterredungen gibt er die meiste Veranlassung, bringt uns aber selten weiter, weil er sich die gänzliche Beendigung der Untersuchung nach ihren sämtlichen Verhältnissen zur gelegenen Zeit aufbewahrt. Er hat mehr Talent zur Poesie, mehr Liebe zur Philosophie, dieses und ein innerer Streit macht ihn oft traurig.

Wohltätiger ist Roland durch seine Melancholie meinem Herzen geworden, er lebt noch unbefangen in der Welt nach vielen verschlungenen Schicksalen, die er alle durch seine eigentümliche Ansicht der Dinge sich geschaffen hat. Die wirkliche Welt lebt ihm nur in der Beschreibung, er ist ein geborner Schriftsteller, ein doppelter Idealist, alles übrige läßt ihn völlig unempfindlich ungeachtet seiner Reizbarkeit. Selbst die Liebe ist ihm nur auf diesem Wege der Anschauung das Höchste, die Geliebte im Arme läßt ihn kalt: Er sagte mir, in dem ersten vollen Genusse der Liebe eines Mädchens habe er in sich ausgerufen: Ist das alles! Da streiten wir oft bis spät in die Nacht und bleiben am Schlusse jeder bei seiner Meinung, jeder glaubt von dem andern, er müsse sich eines bessern überzeugen können, wenn er nur wolle, Roland, der hierbei sein eigentliches

Leben fühlt, glaubt sich wohl gar von Santorin durch irgend einen Machtspruch beleidigt, man scheidet unzufrieden von einander. Dann kommt mir oft alle Arbeit, alle Anstrengung leer und nutzlos vor; habe ich dann einen Tag gefeiert, so schäme ich mich wieder meiner Trägheit. Welch ein sonderbarer Widerspruch ist es im Leben, die Tätigkeit wegen der Ruhe, die Ruhe wegen der Tätigkeit zu suchen! – Vor meinem Fenster spiegelten sich noch gestern die Pappeln, in dem gelbwelligen Strome, Kähne mit fröhlichen Menschen fuhre[n] auf und nieder. Heute ist er abgelaufen, sein Bett ist voll zerbrochener ägyptischer Fleischtöpfe und anderm Wegwurf; halbnackt wadet seit dem Morgen ein kleiner Junge darin umher und sucht Lumpen. Kaum sind die durch den Lumpenschneider auf die Drahtform gegangen, kaum ist das Papier trocken, so näßt es ein Verliebter mit seinen Tränen und gesteht darauf, der Hochgefeierten seine innersten Gefühle. Sie geht den Abend auf den Ball zum Eroberungskriege, es fehlt an Papier, der Brief wird in Haarwickeln zerschnitten und geht den folgenden Tag mit anderm Kehricht in den Fluß zurück. Und es wäre noch kein Abderitismus in der Natur?

Es ist ein wundervoller Traum in mir eingeschlossen, der oft gewaltsam sich loszureißen strebt um in die Wirklichkeit vorzudringen. Ich nenne es die Welt der Bewegung als Gegenstück jenes allgemeinen Eindrucks äußerer Ruhe, den jeder Anblick der Natur in allen ihren verschiedenen Erscheinungen zurückläßt. Du wunderst Dich über diese Ruhe der Natur, der Du immer rege Tätigkeit in ihr ahndetest, aber prüfe Dich ob Dir nicht diese Tätigkeit in Deinem Empfinden und Hingeben liegt. Sollte ich Dir jetzt von meinem Garten schreiben, von dem Wechsel der Farben im Winde, von dem Klange der emporschwebenden Lerchen, alles würde sich regen und in mir leben, aber als ich ganz atmete, fühlte die Unendliche – konnte ich nicht so, konnte ich nie von ihr schreiben, Worte konnte ich nicht finden, das Einzelne nicht aussondern, ihr ganz gegeben, aufgelöst von ihr fühlte ich nur traurig jene Welt der Bewegung, der kreisenden Regsamkeit und des Bildens in mir, die es zum Werke nicht kommen läßt. Denk es Dir, Freund, wenn der Baum nur ein Spiel triebe mit seinen Blüten, warum mußten sie untergehen, die aus den Früchten doch wieder erstehen? Steht nicht alles in jedem kommenden Jahre auf der Stufe wie im vergangenen, ist nicht der fruchtende Gewitterregen ein Scherz der Sonne, nachdem sie lange alles verdörrt und ausgetrocknet? Auch die Gerüche erscheinen nur im Verschwinden und kommen doch wieder in den Veilchen. Ein Vogel raubt dem andern das Nest und keiner von beiden geht unter; manch Tiergeschlecht mag untergegangen sein, aber unter tausend neuen Gestalten, die täglich entdeckt werden, auch schon längst wiedererstanden. Aber nun denke Dir die schöne Freude eines Menschenlebens in diesem Sinne, wo jeder Ort bald Einöde, bald Marktplatz ist, alles der Bewegung wegen. Da ist es gar nicht mehr lächerlich, daß die Wege der Menschen in ihrer Krümmung sich selbst verdoppeln, daß der Sohn einreißt was der Vater bauete, die Steine hätten sonst lange Weile; fährt man doch die Wagen dann Sonntags spazieren, läßt den Schuhen die Füße vertreten und rühmt es in allen patriotischen Blättern, wer zur Übung der Geißel sie erduldet. Aber die Tugend des Federballs, der ewig fliegt und nie ruht, übertrifft ihn weit, und die Feuerräder, die sich wie angestochene Insekten um die Nadel bis zu ihrer Vernichtung drehen. Die Philosophen kommen dazu und beweisen, daß alle Bewegung der Bewegung wegen sei, daß keine anfange, keine aufhöre; beweisen, daß insbesondre die Güte und also das Dasein Gottes aus der Schnelligkeit der Bewegung der Weltkugel folge, die keine Kegelkugel durch die stärkste Menschenhand erreichen könne. Frägt sie aber einer, warum sie die Ruhe nicht gleichschätzten der Bewegung, die ihm doch viel mehr wäre, so versichert der eine, es fehle ihm an Liebe, der andere bezweifelt den Enthusiasmus, die übrigen nennen ihn einen Atheisten. Amen.

Odoardo

An Odoardo

Goslar, zwischen dem
18. u. 19. April.

Mit seiner Altertümlichkeit hat mich Goslar tief gerührt. Es war schon Abend, der Mond schien hell, ich war fröhlich in dem Anblick des dampfenden Tals hinabgestiegen, aus welchem die verlaufenden Gebirgsrücken, wie einzelne Streifen hervorragen. Wie mußte es jenen im Herzen sich regen, die aus dem Kreuzzuge in die erste vaterländische Stadt einkehrten. Die engen Gassen mit dem durchfließenden Strome, der Marktplatz mit den alten Gebäuden und Schnitzwerk, die Ruhe umher, alle Erinnerungen erwachten, mit ihnen meine alte heiße Sehnsucht nach jener schöneren Zeit. Es erklingen Turniere und Wettgesänge, heilige Freiheit, die hochherzige Liebe winken, – ich muß wachen, denn ich glühe; ich schreibe an Dich, mich zu überzeugen, daß ich wachend träumte. –

Rastlos bin ich durch die Wälder gestrichen, über Berg und Strom habe ich Ruhe gesucht, allfreundlich sprachen die dunkeln Schatten der ernsten Tanne, neue Blumengeschlechter schwankten um mich her, das weiche Moos war mein Lager, das Geplätscher der kalten Bäche, in der Nacht das herrliche Funkensprühen der Eisenhütten unter mir, der einförmige Schlag der Hammer, um mir und unter mir Ungewitter, Blitze, die umher die höchsten Bäume spalten, der überraschende Widerhall des Donners in den Bergen, alles was die Natur Wunderbares in ihren Höhen und Tiefen birgt, drängte sich an den Umherirrenden, – nur kein Wunder, nur keine Ruhe. Du hast diese göttliche Ruhe, komm hierher, um ganz froh zu sein, lüfte Dich auf den Bergen, denn Dein letzter Brief umgab mich mit schwüler Stadtluft. Glaub mir nur dies, die meisten Menschen sind Selbstmörder und Du gehörst zu den vielen, die es verachten, ihr Leben durch einen mächtigen Giftbecher zu enden, aber das Gift gierig in tausend kleinen Dosen verschlucken. Ich verdamme, ich verachte jene nicht, eben so wenig diese, es waltet ein mächtiges Schicksal über uns, in der Natur geht kein Leben unter, alles ersteht in erhöhter Organisation, aber keiner der noch Freundschaft, der Kraft zum Leben, Freude in der Natur fühlt, kann sich von allem gleichgültig trennen. Und ist nicht dieser Schmerz im Tode, dieses letzte unwillkürliche Ringen nach Leben, der Todeskrampf, das letzte kräftige Aufatmen, der Todesseufzer der eigentliche Abscheu der Natur, das Verdammungsurteil des Selbstmörders gegen seine Tat. Uns leitet das Zeitalter zum Selbstmorde, die meisten folgen und fallen darin und werden doch ehrlich begraben, wenn sie nur nicht Pistole oder Schwert brauchten; laß uns mutig und kräftig dem Strome der Zeit entgegenschwimmen, wer auch in dem Kampfe erliegt, stirbt für die Freiheit und lebt in ihr!

Verdammt! Da muß mich eben ein zarter Seufzer im Nebenzimmer an die menschliche Schwachheit erinnern; es ist nur eine dünne Brettwand, die uns trennt, die Seufzerquelle und mich. Vielleicht habe ich sie mit dem Kratzen meiner Feder geweckt, oder ist sie mondsüchtig, liebt sie unglücklich? Lieber Himmel, wer kann allen Weibern helfen! Aber, wenn es Maria Lenardo wäre? fragst Du. Für die Frage will ich die Schöne mit dem Erlkönig zur Guitarre in den Schlaf singen.

Es klingelt im Nebenzimmer, – noch einmal. Die Schöne steht früh auf, aber sie muß lange warten. Die Bedienung der Nachtwächter ist hier schlecht in der Nacht, ich werde mich für den Kellner ausgeben, so braucht er nicht aufzustehn und sie ist bedient. Die Menschenliebe ist viel wert!

Da bin ich gut angelaufen! Ich mache kaum halb die Türe auf, und halte noch die andre Hand vor dem Lichte, damit es nicht ausgeweht wird, so ruft mir eine unwillige, alte Weiberstimme entgegen. Bitt er doch den Herrn im Nebenzimmer um der Wunden Christi willen, seine Nachtmusik bis morgen zu versparen, wenn es keinen im Schlafe stört. Ich wagte nicht aufzublicken, unmöglich konnten aber solche Worte und Stimme und jener Seufzer aus ein und demselben Lippengespann gehen. – Ich mache eben die Türe zu, als mir der echte Kellner im saubersten Nachtkleide begegnet, die Öllampe in der Hand. Er fragt mich halbschlafend. Ob die Frau dort geklingelt? Die Verlegenheit war groß, ich konnte ihn nicht wieder hineingehen lassen, und den Ruf meiner unmusikalischen Nachbarin wollte ich doch nicht in Gefahr bringen; ich versicherte ihm dreist: Der Durst habe mich aus meinem Zimmer getrieben und ich irrte jetzt aus einem Zimmer zum andern, ohne das meine zu finden. Ihn schien das doch nicht ganz zu befriedigen, denn er verbiß sich ein unverschämtes Lachen, als er mir meine Tür zeigte, vor der wir standen. Gute Nacht.

*

Den 19. April.

Alles Unglück verfolgt mich, die Welt ist wahrhaftig zu ernsthaft, um damit zu spaßen. Ich habe mit Marien unter einem Dache geschlafen, durch ein dünnes Brett von ihr geschieden. Sinnlos habe ich mein ganzes Glück zerstört, sie doppelt beleidigt, ihre Mutter, alles glauben sie sicher ist Plan gegen sie, absichtliche Kränkung gewesen, was mögen sie nicht sonst, was mag der Kellner von der Unschuldigen boshaft argwöhnen. Von ihm erfuhr ich beim Erwachen, wer neben mir gewohnt, mir war, als hätte ich im Schlafe mein Haus angezündet, in dem Wahne eines Lustfeuerwerks und fände mich beim Erwachen in den Flammen. Kaum war er hinaus, so sprang ich auf, ich wußte sie waren eben fortgegangen, in dem vollen Schmerze der Scham, der getäuschten Hoffnung des verlornen Glücks. Ich wage mich in ihr Zimmer, stürze mich verzweiflungsvoll in ihr Bett. Aller Schmerz ist gestillt. Es war noch erwärmt, der herrliche Duft der Gesundheit erfüllte mich ganz. Ich dränge mich tiefer in das Federbett, es schlägt über mich zusammen, ich bin aufgelößt in Wohlsein. – Ich muß mich ihr zu Füßen werfen, rief es da in mir, ihr meine Unschuld, meine Sehnsucht beteuern! Nicht ohne innern Kampf raffte ich mich auf, eine Rose lag auf dem Tische, ich riß sie begierig an meine Lippen. Bruder, wenn Du lebst und ich sterbe, sie soll mit mir begraben werden!

Jetzt ihnen nach; bete für mich.

Hollin

*

Auf dem Brocken in der Nacht
vom 19. zum 20. April.

Ich eilte im Doppelschritte ihnen nach, mein Führer klagte; nach einer Stunde sahen wir sie vor uns in einem Tale. Jetzt erst fiel mir ein, ob ich nicht besser täte, mein Versehen in der Nacht zu verschweigen, wahrscheinlich hatten sie mich nicht gesehen. Zum ersten Mal dachte ich recht eigentlich auf eine Lüge um allen Verdacht abzulehnen, ich dachte noch ängstlicher auf eine Anrede, suchte in der Vorratskammer nach Interessantem, konnte aber noch über keinen Punkt mit mir einig werden, als ich schon den Rat Lenardo, seine Frau neben ihm, Marien mir zur Seite sah. Ich grüßte und fragte bestürzt, ob ich das Vergnügen haben würde mit ihnen einen Weg zu gehen? Der Rat antwortete, es werde ihnen angenehm sein in meiner Gesellschaft zu gehen, sie wollten heute nach dem Brocken, zugleich fragte er mich, ob ich nicht der Herr gewesen, der diese Nacht im Nebenzimmer gewohnt habe? Das war ganz gegen meinen berechneten Witterungskalender, die Verlegenheit ließ mich kaum zur Antwort kommen. Sind sie nicht Herr Hollin, fiel die Mutter ein, der meinen Sohn nach dem Duell so freundschaftlich gepflegt hat? Das Ungewitter zog sich über mich zusammen. Ich habe sie auf der Insel bei N. sehen sollen, sagte Marie schalkhaft, aber wir fanden sie nicht mehr. Hier schlug es nach allen Wetterseiten ein, meine Entschuldigungen drängten einander wie die Regentropfen, durch tausend kleine Dienstleistungen, durch Erzählungen und allerlei angenehme Scherze und Einfälle suchte ich meine vielfachen Versehen gut zu machen. Marie zog mich deswegen auf, aber ihre beredten Augen hatten mir längst alles vergeben. Welche wunderbare Sprache, ohne Doppelsinn, ohne Deutung der einzige vollkommne Ausdruck. Ich fühle sie jetzt ganz lebhaft wieder, die alte Verachtung aller Rede in meiner Jugend, wozu nützt sie in ihrer Armut, da ihr gerade für alles das, was man eigentlich nur mitteilen möchte aller Ausdruck gebricht. Durch ihren Blick sah ich tausend Schönheiten umher aufgeschlossen, die mir ohne sie ewig verborgen geblieben wären. Ich hörte kaum, daß der Rat mit großem Fleiße ihre Beschreibung ausführte. Du hast recht Freund, es gehört die höchste Fühllosigkeit dazu, in einer schönen Gegend sie in Worten zu beschreiben, in dem regen Spiele der Eindrücke einen zu fesseln. Der Mutter schien in einer grausamen Erziehung zur Häuslichkeit der Sinn für die Natur erstorben, sie hatte Gutmütigkeit genug über unsre Freude, über die muntre Rede ihres Mannes froh zu werden; sie sorgte für uns geschäftig ohne Dank zu fordern, freute sich über den Beifall, den wir ihrer kalten Küche zollten und hatte eine völlige Hauswirtschaft in freiem Felde zu regieren. Ich lief zwischen den beiden Frauen in ungleichen Schritten einher, um ihnen nicht vorzueilen, mit jedem Augenblicke wurde mir wohler, alle Begrenzungen des Mißtrauens, die mich oft in Jahren gegen andre verschließen, sanken vor ihrer Milde nieder, meine heimlichsten Gefühle und Wünsche eröffneten sich, alle alte Aussichten und tausend neue für mein künftiges Leben unterwarfen sich ihr, die wunderbaren Sprünge ihrer Phantasie führten ihr meine ganze Welt in kurzen Bildern vorbei, alles schien durch ihre Mühe sich zu veredeln. Diese frohesten herzlichsten Stunden meines Lebens, hätten leicht schreckenvoll geendet! Marie gleitete an einem schroffen Abhange, ich faßte ihre rechte Hand, die sie mit einem Ausruf ausstreckte, und hob sie herauf. Ein Händedruck, ein Blick gab mir Hoffnung und Glück, sie hatte Ruhe genug bewahrt, selbst ihre erschrockene Mutter zu ermuntern, beide Eltern ängsteten mich mit ihren wiederholten Danksagungen. In einem Jägerhause erfrischten wir uns, Marie machte den Tee. Ich muß mich empfindsam, sentimental schimpfen, aber nimm mich, wie ich bin. Sie entwickelte bei dieser einfachen Handlung des täglichen Lebens unzählbare reizende Bewegungen und Stellungen, die ich nie gesehen, nie geahndet hatte; die versorgenden, fragenden, die freundlichen Blicke alle dazu, ihr belebendes Gespräch während der geschäftigen Wendung des Körpers nach dem Kohlenbecken, der Aberglauben eine besondre Kunst dabei sich zuzuschreiben, um andern alle Bemühung verweisen zu können, es ist unwiderstehlich. Nach dem Sitzen fühlten sich die Frauen noch mehr ermüdet; ungeachtet meiner Beihülfe kamen wir erst spät bei sternklaren Himmel auf die Höhe des Brockens. Das neue Brockenhaus, welches durch seinen weißen Anputz bei Tage an den mächtigen grauen Bergrücken, wie eine moderne Sakristei an eine edle Gotische Kathedralkirche angebauet scheint, gewinnt Abends durch den Turm, durch die Beleuchtung der Fenster und durch die Höhe ein feenhaftes Ansehen. Marie unterhielt uns und vergaß ihre Ermattung durch eine Menge von Feengeschichten, die ihr in der Jugend erzählt waren und die sich ihr jetzt unwillkürlich nach vielen Jahren des Vergessens wieder aufdrängen. – Im Hause kam uns Lenardo mit vollem Glase entgegen, trank erst die Gesundheit der Eltern, begrüßte dann mich und Marien und erinnerte uns an die leeren Nußschalen auf der Insel. Ich wurde wieder rot, auch Marie wurde es, das freute ihn und er gab uns das so oft unter veränderter Gestalt wieder zu hören, bis ich dagegen völlig abgehärtet war.

Lenardo war nie ausgelassener, als vor seinen beiden Eltern, nie gesetzter, als wenn er mit einem von beiden allein war. Waren sie beide gegenwärtig, so stimmte der Vater gewöhnlich etwas mit ein, um vor seiner jüngeren Frau mit dem geretteten Jugendgeiste zu glänzen, sie meinte dann, beide verstellten sich nur so zum Scherz, lachte mit und hielt ihren Sohn für eben so sittsam wie ihren Mann.

Er ist der Liebling beider, mehr als die Tochter, deren ganzen Wert und Hoheit keiner von beiden zu ahnden weiß. Lenardo scheint Sie zu ehren, oder wagt sich wenigstens nicht an sie, weil sie ihm überlegen, da hingegen er dem Vater und der Mutter allerlei Dinge und lächerliche Moden aufschwatzt, womit er sie nachher selbst aufzieht. Du wunderst dich über meinen Beobachtungsgeist, das alles an einem Abende zu bemerken, aber ich habe es auch schon früher aus Lenardo's Erzählungen geschlossen. Der Tisch, den er seinen Eltern bestellt, war mit Weinflaschen dicht besetzt. Die Mutter meinte, das sei Überfluß; er zeigte ihr indessen, daß die Hälfte schon vor ihrer Ankunft geleert sei. Mich nötigte die Mutter mit ihnen fürlieb zu nehmen, der Sohn brachte, ohne anzufragen, acht gute Freunde zu uns, großen Teils Studenten aus N., die unbeschadet ihrer übrigen Kenntnisse doch wenig von der Welt wissen mochten, und durch ihre betretene, mit abgebrochenen Worten begleitete, Gestikulation gegen die furchtbaren Stiefeln und Frießkleider einen angenehmen Kontrast bildeten. Lenardo klagte bald über Mangel an Lustigkeit, versicherte, es käme von der Ermattung der Frauen, die ich durchaus zu ihrer Herstellung magnetisieren müsse. Sie hatten davon viel gehört, ohne einen zu finden, der es konnte, Mutter und Tochter waren neugierig, es zu versuchen. Ich magnetisierte erst die Mutter, dann die Tochter. Du kannst es nicht begreifen, Odoardo, wenn Du es nie empfunden, das wundervolle Treiben des Bluts in der Nähe der Geliebten. Dies fühle ganz in allen seinen regellosen Pulsschlägen, und nun denke Dir dazu, wenn Du mit der ganzen Anspannung des geheimnisvollen Schwungs der magnetischen Bewegung über alle Schönheit zwischen Berührung und Nichtberührung mit dem Getast dahin schwebst. Du kennst den eigentümlichen schauerlichen Eindruck des Zwielichts, in dem alle bestimmte Gestaltung schwindet, die gedämpften Töne, deren Einzelne unverkennbar zusammenfließen, die übergehenden Töne, beim Aufziehen einer schwingenden Saite, den Übergang eines Lichtpunkts zu einem Lichtkreise im schnellen Umschwunge eines Feuerbrands, das sanfte fortwachsende Zusammenziehen, wenn zwei Magnete mit beiden Händen einander genähert werden, das innige Durchdringen des elektrischen Funkens von einem Arm zum andern, das alles denke Dir zu einer Erscheinung, in einem gemeinschaftlichen Punkte verbunden, und Du hast wenigstens etwas zur Annäherung, einen Gipsabdruck der lebenden Empfindung, die mit heiliger Wollust von außen nach innen und mit erneuerter Kraft von innen nach außen bis zu den stumpfesten Wurzelfasern alles Leben, Kindheit, Jugend, Alter, in den Genuß weniger Minuten zusammendrängt.

Marie wollte alle Einwirkung ableugnen, aber sie sprach wie eine Verklärte Anschauungen aus, die sie nimmer sonst gefaßt haben konnte. Wenn etwas daran wäre, meinte sie, so schiene es wohl darin zu liegen, daß unser Wesen nur in gewissem Sinne auf die Grenzen des Körpers eingeschränkt sei, daß es durch die ganze unendliche Kette seiner Bedingungen mit einem Körper verbunden in allen verteilt, besonders in der Luft, als der eigentlichen Werkstatt des Lebens, im schnellen Vorübergehen des befreundeten Lebens, das Verbinden des Getrennten, das Bild der Vereinigung alles Lebens erkennt.

Ich hörte nicht, welche gelehrte Erklärung der Rat indessen den Studenten gegeben, sie waren alle völlig befriedigt, der Sohn ausgenommen. Der nahm sehr ernsthaft ein volles Weinglas, setzte es einem an die Lippen, indem jener trinken wollte, zog er es hinweg. Das ist der eigentliche Magnetismus, dieses aber ist das Zentral-Phänomen, rief er, nahm alle volle Flaschen unter den Arm, versicherte, seiner Mutter wäre Ruhe nach der Anstrengung des Tages notwendig und verließ das Zimmer. Die Freunde zogen nach mehreren Verbeugungen ihm nach. Die Schicklichkeit forderte ihnen zu folgen, ich küßte erst der Mutter, dann Marien die Hand, sie drückte sanft mit den beiden letzten Fingern die meinen, wir sahen uns noch einmal an, und mein Auge schwebte in ihrem, bis die Türe zuschlug.

Meine Freunde setzten sich zum Trinken; ich mußte ins Freie. Marie hatte sich im Nachtkleide gegen die Scheiben ihres Fensters gelehnt und blickte freudig auf zu den Sternen. Alles Licht schien von ihr zu kommen, sie selbst mit einer Heiligen-Glorie umgeben, die auch mich bestrahlte, voll Ehrfurcht näherte ich mich ihr und drückte sacht einen Kuß auf die Scheibe, da wo ihre Lippen durchschienen, sie nahm es nicht wahr. –

Als ich zurückkam zu den Brüdern, standen sie oben auf der Platte des Turms, auf der höchsten Spitze Norddeutschlands, alle voll des deutschen Weins. Ich rief der deutschen Freiheit ein herzlich Lebehoch! Sie alle riefen und tranken mit.

Es war mir als wenn ich hier zuerst die Ahndung einer andern Freiheit fühlte, noch ist mir alles dunkel, aber ich sehe den leuchtenden Punkt, wohin ich eilen muß.

Hollin

Aus der Schreibtasche abgeschrieben

Der Morgen des 20. Aprils
auf dem Brocken.

Meines Lebens Himmel, du öffnest dich im hellsten Morgenrot, Lichtstreifen durchglänzen dich, alles aufersteht umher zum Leben, aber ein unendliches Wolkenmeer mit ragenden und schwindenden Wellen deckt die Zukunft meinen Augen, wie die Sonne, die Städte, Ströme und Berge vor mir. Einst glaubte ich wohl die Ahndung bilde schöner als die Gewißheit, es gebe der Ideale viele, die unerreichbar im Leben nur dem begeisterten Sinne erschienen, was ich als Traum kaum konnte fassen, hast du in ihr, erhabener Weltgeist, mir geschaffen, mach daß die Ahndung zur Gewißheit werde, und ich umfass' das Herrlichste der Erde.

An Odoardo

Brocken, den 20. April.

Ich bin nie mitteilender gewesen als in diesen Tagen, kaum habe ich einige Minuten durch das Ankleiden der Frauen für mich, schon beschäftige ich mich den süßen Traum meines Lebens Dir zu wiederholen. So hoch in den Lüften läßt sich nicht ruhen, lange vor dem Aufgange der Sonne ging ich schon umher auf dem Berge. Wie viel Grundsteine alter Gebäude fand ich rings um den Gipfel; ein glückliches Völkchen bewohnte ihn, den jetzt nur Neugierige auf einzelne Tage beleben. Diesen Stammvätern waren alle diese Bergwege, die wir mit Ermüdung als Arbeit besteigen, die Straße, die sie unzählige Mal, wie wir den Weg nach dem Acker, hinabstiegen, um erst zur Arbeit zu gelangen. Ist es denn wohl noch unglaublich, daß es ein Geschlecht gegeben habe, das alle diese Bergmassen zu seiner

Sicherheit und Belustigung, wie wir die Sandhügel in englischen Gärten aufgetürmt haben. Ich verlor mich in dem Gedanken eines Menschengeschlechts das alle jene Naturwirkungen, Erdbeben, Ungewitter, die jetzt über uns unabänderlich herrschen, sich unterworfen hätte, ich dachte: ob wohl je alle unsere Künste des Lebens dahin führen könnten! Da verkündete ein sanftes Wehen am Himmel die Nähe der Sonne, ich ging nach dem Hause, Maria trat in einem weißen Gewande hinaus, einen Brockenstrauß in der Hand. Ich glaube sie so gerade so und alles umher in einem andern Leben, oder im Traume schon gesehen zu haben, alles schien mir aus jener Erinnerung heiliger, wirkte mächtiger auf mich, vergebens widerstrebte ich einen Augenblick, in stiller Andacht sank ich vor Marien nieder. Ich vermochte nicht Worte zu denken, zu reden, sie blickte mich liebevoll an, berührte meine Stirn mit ihrer Hand, ein sanftes Feuer verbreitete sich über mich, des neuen schönern Lebens Atem füllte meine Brust, mein Herz klopfte freudig, meine Adern schwollen, ich erhob mich begeistert, da erhob sich vor unserm trunkenen Blicke der äußerste Schein der Himmelsröte, bald eilten alle herbei. Einige sangen im Scherz ein Morgenlied, Maria stimmte ernsthaft ein, bald horchten ihr alle zu. Alle baten, daß sie den Gesang wiederholen möchte, sie sang aus Haydn's Schöpfung.

Es wurde heller umher, der Fels schien sich aufzubewegen durch die Kraft des heiligen Gesanges, das Wolkenmeer regte sich mit allen seinen Wogen, die Wälder umher blinkten in hellerem Grün, der milde Tau senkte sich herab, alle Töne feierten im Anhorchen des süßen Tons andächtiger Liebe. Sie verhallten, das geräuschvolle Leben umher kehrte wieder. Der Rat bedauerte schon, daß wir keinen klaren Sonnenaufgang gesehen hätten, wenn die Wolken nicht wären, sähe man Magdeburg, wie einen kleinen weißen Flecken und die Elbe dabei, wie einen blauen Faden. Auf Befehl der Mutter mußte Marie wegen der Morgenluft sich mit einem Mantel umhüllen, sie nötigte wiederholt zum Kaffee. Saul las dabei zum großen Wohlgefallen eines jungen Theologen Lopez, Marien ein Gedicht in Hexametern vor, welches dieser während des Sonnenaufgangs auf den Sonnenaufgang in seine Schreibtafel gedichtet hatte. Marie hatte die Nachsicht ihm etwas Artiges über die Gewandheit im Silbenmaße zu sagen, der Rat lobte die Mäßigung und die Enthaltsamkeit im Poetischen, fragte aber in Gewißheit der Antwort: ob

nicht das elegische Silbenmaß besser dazu geeignet wäre, da dieses
nach dem Beispiele des ihm sicher bekannten Herrn geheimen Rats
von Göthe gar nichts Trauriges involvierte? Herrn von Göthe, erwiderte der durch diese Kritik geschmeichelte Dichter, schätze ich
gewissermaßen längst, ungeachtet seiner so zu sagen genialischen
Fehler, ja ich habe es schon gedacht und noch vor einiger Zeit einer
Gesellschaft von Freunden mitgeteilt, man solle eine Auswahl seiner bessern Stücke zusammendrucken und die schlechten, wie den
Faust und andre mehr, die gegen alle Regeln verstoßen, aussondern. Von jungen Leuten, sagte der Rat, solle man ihn lieber ganz
entfernen, die verderbt er aufrichtig gesagt völlig, er macht daß sie
glaubten vieles besser und alles nach eignem Sinne tun zu können,
aber was meinen sie zu meinem Vorschlage des Silbenmaßes? Herr
Rat, fiel ihn Lopez in die Rede, noch vor dem nächsten Morgenauf-
gange soll er ausgeführt sein. Aber was meinen sie zu dem Herrn
Tiek, der gegen alle Regel Trauerspiele von sechs Akten macht,
worin eine Hirschkuh spricht und in seinem Tannenhäuser vielen
schädlichen Aberglauben verteidigt? – Ich fragte Marien leise: haben sie seine Magelone gelesen? Mit einem unbeschreiblich freudi-
gen Blicke zog sie das Buch hervor. Zu meiner Erinnerung, sagte sie
und steckte es mir heimlich zu. – Der Rat fuhr fort: der gute Mann
sieht auch gar sonderbare Gesellschaft, Altfranken die ihm die
Treppe, Musen die ihm das Dach einreißen; schlechte Gesellschaft
verdirbt gute Sitten. Er lachte, die Frau lachte, ein junger Mann
lachte, der gewöhnlich Peter Strohkopf genannt wurde, Lopez lachte; alle lachten, weil Lenardo die stark gefüllte Schreibtasche des
Lopez aus Unvorsichtigkeit offen gegen den starken Morgenwind
gelegt hatte, der wie im Frühlinge mit den trockenen Buchblättern,
mit den Gedichten davon rauschte. Lopez eilte voll Verzweifelung
ihnen nach, er schlug und griff danach wie auf einer Schmetter-
lingsjagd, kaum erhaschte er einen, so ließ er zwei andere fliegen,
dann fiel er auf dem unebnen Wege, er weinte in seiner Not, alles
neuer Stoff zum Gelächter für Saul und Lenardo. Auf einen Wink
von Marien half ich ihm, nach einer halben Stunde war alles bis auf
das hexametrische Sonnengedicht gerettet. Lopez schwor, er hätte
willig ein Dutzend der geretteten Phantasien für dieses einzige Gedicht gegeben, das Stück für Stück eine genaue Abschilderung dieses herrlichen Naturphänomens gewesen sei. – Lenardo ruft zum
Abmarsche. Lebe wohl Brocken, ob ich dich wohl wiedersehe? Beim

Himmel mit eben dem Sinne, an Mariens Seite, durch sie ganz glücklich. oder nimmer! – Lebe wohl Freund.

Hollin

An Odoardo

Blankenburg den 1. April.

Es bleibt dabei, die Nacht ist keines Menschen Freund. Ich muß noch froh sein, daß ich aus dieser Nachtreise von der Bielshöhle hieher mit abgerissenen Kleidern und verwundeten Füßen und zerschellten Armen angekommen, daß die halsbrechende Arbeit, das Organ der Lebenskraft aufzusuchen, dem bösen Feinde nicht gelungen. Der hatte den Sinn meines guten Führers also verwirrt, daß er durch den dichten Wald mit mir hinstrauchelte, über die Baumstämme fiel, und in den Ästen sich verwickelte, entweder weil überhaupt kein Fußsteig vorhanden, oder weil der Versucher ihn genug versteckt hatte, um bei dem bezogenen Himmel ihn bald zu verlieren. Da stolperten wir ohne Kompaß, ohne einen Stern am Himmel, ohne einer bestimmten Richtung zu folgen über Tiefen und Höhen fort, und kamen doch aus einer natürlichen Witterung, aus einer Art Schwalbeninstinkt, oder unter Geleit meines Schutzengels auf den rechten Weg. Ist es Dir wohl schon Nachts im Bette vorgekommen, als lägest Du gerade umgekehrt, daß alles was im Zimmer jenseits des Kopfs liegen sollte, Du jenseits der Füße wähntest, alles was rechts Dir ist, Du links glaubtest? Woher das, da alles finster um Dir ist? – Warum mußte ich meinem Reiseplane gerade entgegengesetzt, gerade an dem Tage nach Goslar gelockt werden, als Maria eingezogen? – Jedes Wesen hat seine sympathetische Richtung, eine freischwebende Erscheinung in der Außenwelt, sie ist der geheime Zug nach dem der glückliche Spieler die Karte aus dem Haufen zieht, die Täuschung die uns warnt nicht aus dem Bette zu fallen, die besonders das Kind, den Trunkenen, den Wahnsinnigen gegen Gefahren schützt, und die Liebe ist ihre eigentliche Erscheinung, von der wir nicht wissen von wannen sie kam. Der schirmende Geist kehrt dann mit der Geliebten zu uns zurück, darum haben auch glücklich Liebende kein Glück im Spiele. Wer ihm ganz hingegeben folgt, strauchelt nicht, fällt nicht und braucht keinen Führer. Es war alles wohlverdiente Strafe meines Ungehorsams gegen diesen himmlischen Zug, Strafe der falschen Höflichkeit, des

Rats Anerbieten im Rübelande nicht angenommen zu haben, als Fünfter in seinem Wagen mitzureisen. – Drei schöne Stunden habe ich aus meinem Leben verloren, die Züchtigung ist mir ganz recht, – wenn in dem Gedränge beim Schwanken des Wagens ihre Fußspitze elektrische Funken den meinen entlockt hätte, wenn ich zur Entschuldigung die Hände mit ergriffen, wenn der Mond durch die Tannen hindurchgeblickt hätte auf sie: – Wo einem der Menschenverstand in der Liebe bleiben mag. Seit der Bielshöhle sah ich sie nicht, da schwebte sie beim Einsteigen in den Wagen in meiner Hand, ich glaubte, sie verweile gern darin; dabei hatte ich aber den Ärger, daß sie mit Lenardo den Rücksitz einnehmen mußte, weil der Vater und Mutter ohne Umstände den Vorsitz eingenommen hatten, und darüber bin ich noch jetzt böse, daß Alter und Verwandtschaft einen Wert geben kann. – Die Bielshöhle ist wirklich nicht ohne mancherlei Sonderbarkeit, ich habe freilich nicht alles gesehen, aber Marie machte mich aufmerksam auf das einstrahlende Licht, auf den klingenden Tropfstein. Ich sorgte nur für ihr Leben und sah ängstlich zu ihr hinauf, als sie nach mir niederstieg, und vor mir die Leitern hinaufstieg; und bei dem ewigen Auf- und Niedersteigen ging es endlich so mit mir um, daß ich wohl mehr übersehen und überhört hätte, als der alte ehrliche Steiger erklärte. Es ist doch etwas Unsinniges mit dem Weiberanzuge, sie selbst sind immer in der Gefahr zu fallen, oder etwas abzureißen, müssen allen lebhaften Sprüngen, allen Luftfahrten entsagen, damit das leichte Zeug nicht überfliegt, – und wir Männer sind wie der Ring des Saturns bei aller Umkreisung in steter Entfernung wegen der Schleppen-Atmosphäre und müssen ewig sinnen und raten, ob denn an dem kleinen Fuße ein Bein sitze, oder ob das auch nur so ein leichter Modezierat sei. –

Mit den großen ungeheuern Wirkungen in der toten Natur ist es aus, das Leben dringt überall hindurch. Was ist der Tropfstein in seinen abenteuerlichen Verschlingungen gegen den Berg, in dem er gewonnen, wie bedeutsam gebildet, bald als die Mutter Maria mit dem kleinen Strahlenkinde, bald als Kruzifix! Was sind die kleinen Wassertropfen die im Herunterfallen verdunsten, gegen den Strom, der im Kampfe mit dem hemmenden Gebirge, die Höhle auswählte. Maria glaubte mir durch das Bild der Altensteiner Höhle ein Beispiel des Gegenteils, als Beispiel einer großen, dauernden Naturwirkung zu geben; ich ward ungeduldig neugierig, sie zu sehen. Das Rauschen des Wasserstroms zwischen den finstern Wänden, der rinnende Lichterschein im Wellenschaum, der Widerhall der wechselnden Musikchöre, der Rausch des frohen Tanzes in der Kühlung der Erdkluft beim bunten Lampenschimmer; – ich sah das alles, wie sie es erzählte, so lebhaft und warm, wie meine Worte kalt und tot Dir sein müssen. Der Vater war in eine Seitenhöhle gestiegen, alles berauschte mich, ich ergriff sie, wir walzten unwillkürlich in dem dunkeln Gewölbe und wie sie zwischen meinen Händen wogte und mein Fuß verächtlich die niedre Erde von sich stieß, wie harmlos war mir, wie leicht in der drückenden Tiefe, wie licht in dem Dunkel: – Es sollte nie nach der Musik getanzt werden. Wer in der innern Freudigkeit tanzt wird nicht den Takt verlieren, und mehr nützt doch nicht die Dienstbarkeit der Musik, die tausendfach wiedertönende Melodie unsrer Tänze, von der die Menschen hingetrieben, wie von Furien in dem ungestörten Gefühle ihrer Ermattung gegeißelt, bis zum letzten durchreißenden Geigenstriche das schlagende Herzblut, den perlenden Schweiß, die geregelten Sprünge nach Herkommen und Zeitgeschmack auspressen, in dem Anblicke der bleichen, lauernden Schwindsucht alles Schöne des Mädchens, allen Reiz der Bewegung übersehen, die Hände beschuhen um nicht in dem Gefühle des weichen umschließenden Fleisches die Berührung der nahenden Ohnmacht, das Brennen der Füße zu verstecken, – und nun niedersinken ohne reden, ohne atmen zu können, und das Hüonshorn des Händeklatschens verfluchen, das sie zu dem erneuten Veitstanze aufruft. Sieh, so war ich vor ein paar Jahren bei einem alten Vetter zum Tanze geladen, der seine jungen Kinder hetzte, vor allen Leuten in dem raschen Schritte der Erwachsenen ihr Probe- und Kunststück mit abzulegen. Ich konnte den Anblick nicht ertragen der mordenden Freude, ich schlich mich mit einigen Frauen in ein Seitenzimmer, wir erzählten uns munter; da kommt der alte Vetter, der uns vermißt hatte, hastig gelaufen und spricht ganz keck zu den Mädchen: Tanzt doch, denkt ihr denn, daß ihr hier seid, euch zu amüsieren? Wie doch die Menschen sich die Welt verstümpern, das fröhlichste Spiel, Scherz und Mutwillen in schwerfällige Arbeit sich umwandeln! – Wie ich mich verloren habe, – wie ich gallsüchtig werde gegen meine alten abgestorbenen Freuden im Genusse des höheren Glücks, wie einem seligen Geiste scheint mir alles Erdenglück leer und sinnlos – ich

muß Sie mir denken, die Erinnerung rufen, als ich sie in meinen
Armen fühlte, ihre Blicke küßte – wie mich das Bild so ganz erfüllt,
– jeder Buchstab, auf den ich schreibend niedergehe stört es, ich
muß schließen.

Hollin

Aus der Schreibtasche

Roßtrappe den 23. April.

Die Wolken sind entschwunden, ich wohne im Lichte, wohl im
eignen Licht entzündet, heilig und geweiht durch ihre Liebe.

Aus der Schreibtasche

Roßtrappe den 28. April.

Auch die Freundschaft hat ihre Geheimnisse, es ist das erste zwischen mir und Dir mein Odoardo, mit einem frohen Gefühle sage
ich es mir, ich selbst will mich in keinem Dunkel in keinem Geheimnis bergen. So wie Du nun in mir lebst guter, biedrer Odoardo,
so sei auch in mir der ernste Richter meines Lebens, Dir selbst sei
diese Erzählung zur Erinnerung geweiht, wenn einst alles Geheimnis schwinden darf.

Maria, welch ein seliger Weg an Deiner Seite war es, der uns
hierher führte, wie unzählige neue keimende Gedanken in den neu-
en Gefühlen, die uns herrlich umrankten und immer enger mit einander verschlungen. Doch fühlt sich meine ganze Erinnerung gewaltsam hingezogen zu jenen herrlichen Augenblicken der ersten
ganz erkennenden, ganz hingebenden Liebe. Was ist mein ganzes
Leben gegen diese Augenblicke, wie öde, unbeseelt und traurig!
Wir gingen allein durch das dichte Buchengebüsch, die übrige Gesellschaft war ermattet in Q. geblieben, sie gestützt auf mich, ich
umschlungen von ihr. Kein einzelnes Zeichen, kein Wort, kein
Händedruck war mehr nötig, ganz hingegeben dem sinnenden
Gefühle gingen wir froh wie Kinder neben einander einher, da
wurde es hell über uns, Maria rief laut im entzückenden Anblicke
und sank in meine Arme. Wir standen vor der Roßtrappe auf der
jähen Granitwand zwischen dem Toben freier Natur im Tale, und

dem gesetzten Wirken der Menschen von dem uns das dumpfe gleiche Stoßen des Eisenhammers entgegenschallte. Dieses traurige Leben des Menschen in den festen Schranken der eignen sinnlosen Qual der Gesetze hatte die schönen Jugendjahre uns schmerzhaft aufgezehrt, Maria sollte bald in seine Fesseln zurückkehren; zu uns! deutete das Rauschen der Bude unter uns, die tiefe Klarheit des Tals, das dichte Grün der Wiese, die Stimmen der Vögel in ihrer Sicherheit lockten uns, ganz der Natur mit aller ihrer Schönheit in allen ihren Schrecken uns hinzugeben. Der Weg hinab ins Tal schien leichter als ich ihn fand, wir stiegen herab, oft ward mir bange für Mariens Leben, sie fürchtete nichts. Wir hatten das Ufer der Bude erreicht, alle Wunder der Natur umfingen uns, alles Heilige, die Schranken des Lebens öffneten sich, unser ewiger Bund wurde geschlossen. – Ich vermag es nicht auszusprechen, alle Herrlichkeit alle Seligkeit: sei Dir mein Wort das Schönste, Heiligste Deiner Gefühle und dieses nur Symbol des Höchsten, was Du ahndest, und so in unendlicher Reihe fort alles nur Symbol, Andeutung des Höhern, vielleicht geläng es Dir, den Himmel ihrer Liebe unkräftig so Dir vorzubilden, doch daß des Bildes Geist sich mit Dir eint, Du ganz in ihm er ganz in Dir wird neugeboren, vermagst Du nur im Doppelleben ihrer Liebe, wenn alle Einheit schwindet, zu erringen.

Alles in Eins und Eins in Allem

Spinoza

Der Abend trennte uns, ich geleitete sie bis an die Grenze ihres Guts ihres Anverwandten, bei dem sie mit ihren Eltern zwei Wochen bleiben sollte. Eine Träne trat ihr ins Auge bei diesem ersten Abschiede, ewig unverändert, sagte sie mit erstickter Stimme. Der Liebe Leben währt ewig, rief ich freudig. Ich sah ihr lange nach, als die schöne Gestalt über die Ebene hinschwebte, sie verlor sich in den Gebüschen, ich sah ihr immer noch nach. Ich werde unter dem Namen des Maler Zeleuco in einer Waldhütte wohnen; den Tag beschäftiget Arbeit für die künftige Sicherheit unsrer Liebe, die Nacht schützt unsre Liebe.

*

Stürmt Geister im pfeifenden Winde, hallt wilde Jäger im Walde, der Regen räuscht am Fenster hinab und stäubt durch die Spalten, es wankt mein Obdach und kracht, die Lichter flackern, doch liebevoll tragt ihr mein inneres Leben, die ewige Glut, die mich entzündet, dem Harrenden entgegen.

Maria, weile nicht länger, daß der Gießbach den Steg nicht fortreiße; noch weilst du süßes Leben der Natur, du kennst deine Allmacht!

Ists nicht ein andres Leben was das Herz mir regt, den Busen hebt mit helleren Gefühlen, den frohen Atem leicht in Himmelslüften haucht? Es schwankt das Haus emporgetragen, das neue Licht zu schaun, bist du es nicht mein leichter Sinn, der wechselnd die Natur durch seine Arme leitet, umwirbelnd ihr Rad im schnellsten Schwung, dem alles froh sich unterwirft, um ihn den Sohn der niedern Erde zu erhöhn? Trennt mich ein Raum noch von dem Schönsten, ists nicht in mir, bin ich nicht ganz in ihm, gibts noch der Zeiten Dauer, ists nicht ein Augenblick, ists Ewigkeit? Ihr Gaukelspiele niederer Natur, ihr wundersam benannten Tugenden der Menschen, der höhern Harmonien Schattenbilder, verwandelt wie der Sonne hoher Weg vergrößernd bald, bald kleiner euch uns zeigt, vorschwebend jedem, der euch will erhaschen, verschwindend in dem höchsten Mittag, ich steig auf deinen Thron erhabne Harmonie, allseitig strahlt mir Licht entgegen, geeinigt ist mir die Natur, in allem Wandel steht ein ewig dauernd Leben fest. Ich bin der ewge Quell, das ewge Öl der holden Flamme, in der ich nicht verbrenne, nicht vergehe, in deren Licht ich reingebrannt des Kampfes Wonne schmecke, und hergestellt in der Erinnerung buhle: die süße Frucht ergetzt mich in den Blüten, in Früchten zeigt sich schon der Blüte ahndungsvolle Röte, es strecken schon die neuen Knospen eröffnend ihren Götterkelch dem Licht entgegen, und tausendfach strebt alles Leben in ewger Kette wirkend fort. Es hängt der Kranz sich an die Kränze, in sich vereint, an sich schon herrlich wie der Abendstern ist doch in ihrer Schar noch hellrer Glanz, noch höhere Liebe in den wunderbar verschlungnen Kreisen; nicht mehr ist Liebe nur dem Einen, in Allem ist sie und in Keinem.

Hört ich nicht deinen Ruf Maria, am Gießbach dir den Arm zu
reichen. Seht wie es schwebt das Wunderlicht, die wandelnd herrliche Gestalt, die Winde buhlen um den weißen Schleier, den zarten
Fuß sucht Epheu zu bestricken, erlisch du Lichterschein entgegen
ihr der Strahlenmitte, bald zieht das Wunder ein, erfreu dich treue
Hütte.

An Odoardo

P. den 3. Mai.

Laß Dir wenige Worte über die letzten Tage meiner Reise genü-
gen, sie haben mein ganzes Leben reich ausgestattet, ihre Erinnerung erfüllt mich ganz, sie erhebt und tröstet mich nach der Trennung, ich muß sie allein besitzen. – Ernst und unverdrossen fange
ich an mein Schicksal zu bauen, alle Phantasie muß jetzt zum Leben
werden, wozu sonst die volle Kraft dazu? Ich stehe nicht mehr allein. Mariens Namen mit dem meinen öffentlich vereint zu sehen ist
mein Ziel. Die leeren Wünsche, das Umherirren des Gefühls, die
Lebens-Schwärmerei hört auf, so bald sie ihren Himmel erreicht hat,
den meisten erst im Tode, glücklich wer ihn im Leben fand. Die
Zuversicht auf ihre Liebe erheitert meine Zukunft und macht mir
jede Arbeit zum Spiele, wenige Wochen ersetzen Jahre des Müßig-
gangs, keine Betrachtung ohne Fund, alles gelingt in der Liebe.

Hollin

An Hollin

M. den 11. Mai.

Ich verstehe Dich nicht mehr ganz, ich fühle es aber, daß Du mir
nicht fremd geworden bist. Du glaubst einig mit Dir zu sein? Ver-
gleiche Deine Urteile über Weiber mit Deinem Leben. Mein Vater
sagt Maria sei schön; andere sagen auch sie sei gut. Es ist das erste
weibliche Wesen, das Du genauer kennen lernst, Deine Verachtung
ist verschwunden, Du lebst nur für sie, Du glaubst sie sei das
schönste, das beste, wenigstens das einzige liebenswürdige Mädchen. Wirst Du nicht bald mehr Mädchen sehen, wird nicht jedem
neuern Eindrucke der ältere weichen? Du traust wieder Deinen

Grundsätzen, das sind falsche Freunde, so bald es aufs Handeln ankömmt. Es gibt eine höhere Einheit als die Einheit der Grundsätze unter einander, ich weiß Du verstehst mich. Laß Dich nicht von dem Augenblicke hinreißen, Vergangenheit und Zukunft müssen sich nicht in der Gegenwart auflösen, die Gegenwart muß zwischen beiden geteilt sein.

Odoardo

An Odoardo

N. den 14. Mai.

Als ich zurückkehrte von meinen Wanderungen, glaubte ich aus einem großen Leben auf den Spielplatz zu blicken. Es war Nacht, ich nahm dessen ungeachtet meinen Weg über den Berg, an dessen Fuße die Stadt liegt. Einzelne Lichtfenster blinkten vom Tale hinauf, die Türme sahen finster über die dunkle Häusermasse hinaus, das Wasser unter mir glänzte und rauschte über das Wehr, Gesang schallte an einer Seite, im Ganzen herrschte tiefe Ruhe. Da dachte ich, wie viele tausende unter mir mit demselben Anspruche zum Leben, mit demselben Gefühle und Hoffen wie ich, sich im Mittelpunkte, um sich die Menschheit und für sich geschaffen glauben, ich dachte zum ersten Mal und es grauete mir dabei, wie andre noch Lust zum Leben bewahren könnten, ohne zu leben wie ich, ohne eine Geliebte wie Maria, ohne einen Freund wie Du; alle ihre Bestrebungen kamen mir so nichtswürdig, so ehrwürdig der Schlaf vor, der sie alle gehemmt hatte; die oft erzählten Geschichten von Männern, die vor ihrem Tode sich selbst gesehen, rückten mir näher. Ob man sich selbst nirgends im Leben gedoppelt finden mag, sieht man sich doch im Traume oft selbst und erschrickt nicht, ob es wohl noch eine Maria gibt? Unmöglich bei allen Himmeln nein! Ob ich mein Wesen wohl austauschen möchte mit einem der tausende unter mir, von denen hunderte an Weisheit, Schönheit, Herrschaft mich weit überragen? Nimmer, denn Maria liebt mich, wie ich jetzt bin. Ob Maria, wenn sie mich nie gesehen, wohl einen andern durch ihre Liebe beseligt hätte? Warum bin ich gerade von den vielen Besseren, der einzige Hochbeglückte? Die Frage verfolgte mich mit allen ihren verzehrenden Zweifeln, ich eilte in die Stadt, auf mein

Zimmer und fand Deinen letzten Brief zu neuen Zweifelsqualen recht eigentlich mir zugeworfen.

Du kennst Marien, wenigstens ihre Beschreibung und kannst Untreue von mir vermuten? Sie hat den Sinn für Weiblichkeit, für die zarte Reizbarkeit, für die Feinheit in jeder scheinbar bedeutenden Handlung mir geöffnet, ich suche sie in jeder Frau auf, finde sie nirgends und in allen Ähnlichkeit mit ihr; ein Mund, der ihrem gleicht, machte mir den Teufel schön, ja das Alter selbst ist vor meiner Sehnsucht nicht gesichert, wenn es Tugend in Bescheidenheit übt. Ich nenne nicht Untreue, wo der Geist sich fleckenlos bewahrt, durch ihn wird jegliche Begierde edel oder niedrig, die einzige wahre Treue fordert, sein eigentliches Wesen unverändert der Geliebten zu bewahren; wer unschuldig sein Gemüt bewahrt, geht schuldlos aus der Buhlerin Armen. –

In einigen Tagen gehe ich nach der Hauptstadt, zunächst für meine Beförderung zu sorgen. Ich habe viele Schwierigkeiten zu bekämpfen! Will ich auf Menschen wirken, muß ich Menschen kennen, nicht bloß den biedern Kreis der Jugend und des Landvolks, auch die kalte seelenlose Welt der höheren Stände muß ich fassen, die Welt des Sprechens ohne Denkkraft, des freudenleeren Scherzes, der Formen inhaltleere Form, des Lachens lächerliches Reich. Ich schaudere zurück – durchs Fegefeuer geht der Weg zum Himmel, zu Marien.

*

N. den 18. Mai.

Mein Abschied von der Universität hat mich tiefer geschmerzt, als ich erwartete. Vergebens hatte ich den Tag meiner Abreise verheimlicht. Lenardo reist mit mir und das hat mich verraten. Ich war heute Abend noch mit dem Einpacken beschäftigt, als ich Musik auf der Straße hörte. Ich gehe aus Neugierde an das Fenster um zu sehen, wem es gilt. Der feierliche Marsch hält vor meinem Hause still, den Musikern wird Licht angezündet, sie stellen sich um einen Tisch und spielen heitre, lebhafte Stücke. Die Straße war gedrängt voll, ich war allein, alles still umher, die Musik schallte fröhlich hinauf, ich schien mir schon von jener Welt abgeschieden. Die Trompeten stießen ein, mein biedrer Landsmann Velsen rief mein

Lebehoch, die Hüte wurden geschwenkt, alles rief mit, alle Ideen meines anfangenden, freien Lebens erwachten in ihrer ersten Stärke, ich glaubte vom Leben durch das Lebewohl zu scheiden, wie die eingekleidete Nonne hörte ich das Zuschlagen der Tür, die sie auf ewig von der Welt trennt. – Dann kamen die Freunde mit den Stammbüchern, erinnerten mich an manches gemeinschaftliche Abenteuer, an Äußerungen, einzelne Eindrücke, sie alle stürmten auf mich ein, kaum konnte ich reden, mit jedem Augenblicke ward es mir düstrer. – Erst als sie lange fort waren, konnte mir der Gedanke an Marien Ruhe schenken.

*

B. den 24. Mai.

Gott, wie die Tage verschleichen, die freudig mir bei Marien verrauschen würden! – Meine erste Ausflucht sollte mich in eine städtische Landgesellschaft führen. Ich hatte schöne Hoffnungen von der Rückkehr zur Natur mit dem verfeinerten Sinne für ihren Genuß geträumt. Jetzt weiß ich es besser, nachdem ich alle Eigentümlichkeiten der Stadt, allen frei scheinenden Zwang, die überflüssige Pracht und alle zur Konservation der Konversation eingesalzene Gespräche in einer ausgesucht schlechten, sandigen Gegend durchgemacht habe. Ich fuhr mit einem Hauptmann Fullet hinaus, den ich für diesen Tag kennen gelernt hatte. Das Fahren hat immer auf mich eine sonderbare Wirkung gehabt. Meine ganze Phantasienwelt scheint durch die Stöße des Wagens aufgeregt, wie ein stehendes Gewässer, worin die Kinder ihr Wesen getrieben, nicht so bald wieder klar zu werden [vermag]. Fullet saß neben mir etwas eingeengt und musterte seine Uniform, die freilich durch ihre Fadensichtigkeit an manches Stück seines abgesponnenen Lebensfadens erinnern mochte. Zuweilen, wenn er etwas Gutes an sich bemerken mochte, sah er mich wohl versteckt an zur gutmütigen Vergleichung und nahm diese Gelegenheit wahr, mit gewichtiger Ernsthaftigkeit einige von seinen Hofgeschichten vorzulegen, die er wie ein Schaugericht, ungeachtet der Ungenießbarkeit, gewöhnlich mehr als einmal jedem aufzutischen pflegt. Er störte mich dadurch nicht mehr in meinen herrlichen Träumen, die mich längst weit weg entrückt hatten; ich sah Deutschland gerächt, führte die alte Zeit zurück, gründete das ewige Reich und schmückte Marien mit aller Ehre und

Herrlichkeit. Ich sah ihren Einzug, Trommeten schmetterten von allen Türmen – da hörten wir die Musik der Gesellschaft, wir mußten einander den Reisestaub abklopfen und die Eingangsreden erdulden. Ich glaubte unter eine Gesellschaft verkappter Mediziner zu kommen, so genaue Auskunft wußten die Damen von allen Wirkungen der Bäder, von ihrem Gebrauche und den Vorfällen dabei zu geben. Die allgemeine Aufmerksamkeit erregte jetzt die Geschichte einer armen weißgeschminkten Frau, die aus ihrem Bade in Nenndorf schwarz gefärbt gegangen. Sie war gegenwärtig und sprach davon sehr ruhig, als wenn sie es auch gehört. Fullet lebte ordentlich auf, er neckte die Damen mit ihren Liebschaften um diese Vorwürfe erwidert zu sehen, die er dann in seiner groben Höflichkeit wiederum erwiderte, bis sie allen widerten. Es wurde ein neues Lied gespielt, man ging zur Musik, zum Theater über. Erst ging die Rede vom guten und schlechten Anzuge der Schauspieler, dann bewies ein alter Mann in Genfer Französisch, daß die neuen Operetten allem gesunden Menschenverstande widersprächen, der durchaus keine Feen und Wunder annähme, *mais* sagte er zuletzt, die Musik ist süperb. Ja, sagten alle, man fühlt sich ordentlich gezwungen den Takt dazu zu schlagen. Mich ekelt recht innerlich der ganzen Wiedererzählung, es gehört schon Aufopferung genug dazu ein Gespräch mitzuführen, worin jeder Scherz, jede Ironie, wenn sie nicht ausdrücklich dafür erklärt war, ernsthaft aber jämmerlich diskutiert wird. Neben mir beim Essen saß eine junge Witwe, die Gräfin Irene, ich hatte ihr schon einige Tage vorher einen Besuch gemacht, sie interessierte mich wegen einer gewissen Ähnlichkeit ihrer Gestalt mit Marien. Es ist wunderbar, welche Gewalt der sanfte Blick mancher Frau hat, alle Sinnlichkeit des Unschuldigsten selbst aus ihren Schlupfwinkeln herauszulocken, ihre Berührung, der Arm, die Hand scheint zu brennen, man ist kaum mit ihnen bekannt, so glaubt man sich ihnen näher verwandt. Ich sprach mit ihr freundschaftlich wie mit einer Schwester, wenn ich mir nämlich die rechte Vorstellung von dem Verhältnisse zwischen Bruder und Schwester mache, die Erinnerung an Marien rührte mich. Ich mußte ihren Vorschlag, den andern Morgen zu ihr zu kommen, annehmen. – Ich überraschte sie etwas zu früh, sie war noch beim Schreibtische. Als ich hineingeführt wurde legte sie die Papiere zusammen und empfing mich freundlich, und entschuldigte sich, daß ich sie im Morgenkleide fände. Unser Gespräch wanderte lustig durch alle

Weltteile, wir sprachen auch vom Harz, ich öffne meine Schreibtasche um ihr eine Zeichnung von der Roßtrappe vorzulegen. Sie greift scherzend hinein und nimmt mehrere Papiere hinaus, die ich nicht gern in andern Händen sah. Als sie die Zurückgabe verweigert, nehme ich als Repressalie einige von ihren vorher zusammengelegten Bogen, sie zögert noch mit der Zurückgabe, ich glaubte daher kein Geheimnis dadurch verraten zu können und fange an, das Gefundene laut abzulesen. Welche Verwirrung von beiden Teilen. Die ersten Worte ihres Tagebuchs verraten die heftigste Liebe gegen mich, die sie gleich bei dem ersten Besuche gegen mich empfunden, die seit der Landfahrt durch die Hoffnung der Gegenliebe alle Schutzbretter durchbrochen hatte. Liebe zurückzustoßen ist die einzige Sünde gegen den heiligen Geist, die durch keine Reue abgebüßt werden kann. Noch jetzt ist es mir ein Vorwurf in traurigen Stunden, daß ich als Kind den Liebkosungen einer alten, gutmütigen Französin mit Gewalt mich zu entziehen strebte. Ich sagte ihr gerührt, mein Herz besäße eine andre, sie meine Freundschaft. Sie küßte mich, beschwor meine Verschwiegenheit feierlich, wir leben freundschaftlich mit einander, ich würde sehr froh bei ihr sein können, wenn ich mich nicht immer eines Zwecks erinnern müßte, ihre Leidenschaftlichkeit zu ebnen, ohne sie zu verletzen. Sie hat drei Kinder, die sie bis zum Verziehen liebt und oft so heftig küßt, daß sie schreien. Ihre weitläuftige Haushaltung verwaltet sie selbst, sie hat mir zuerst Achtung gegen ein sonst verächtliches Geschäft eingeflößt und besitzt ganz das Geheimnis, ohne die in höhern Ständen notwendige Entfernung zwischen dem Herrn und Diener aufzuheben, wohltätig auf das Glück des Einzelnen zu wirken. Schreib mir bald von Marien, mir ist jeder Briefwechsel mit ihr unmöglich.

Hollin

An Odoardo

B. den 15. Juni.

Zuweilen will das Leben wie ehemals mit mir spielen, aber ich bin zu ernsthaft dafür geworden. Vor einigen Tagen besuchte ich zum ersten Mal das hiesige Vauxhall. Der Eintritt war mir überraschend. Ich hatte mehrere unreinliche schmale Gänge durchwandelt, als ich unerwartet auf einen weiten hellen Platz trat. Der Mond und das Sternlicht schienen so närrisch dem Lampenlichte durch, als wenn ein ordentlicher Wettstreit zwischen beiden wäre, der Boden hatte sich mit einem Brettboden überzogen, aus dem zierlich geschnitzte Gebüsche mit angehängten gemachten Früchten emporwuchsen; nach einer Seite war des Lebens Bühne mit einem Theater und Musiklogen begrenzt, daneben in gleicher Höhe gleich erleuchtet, mit gleichem Geschrei erfüllt der Lebensmittelmarkt; in den offenen Gängen Weltton und schickliche Entfernungen, aber so wie die Paare in die Seitenlauben entschlüpfen, gleichsam ein Entpuppen und das Ausfliegen der Schmetterlinge. Plötzlich krachen Raketen, ein Wohlgeruch verbreitet sich, die Spieler laufen mit Verwunderung von der Pharaobank und nehmen unbefangen das eben verlorne Geld mit, die Croupiers ihnen nach, diese Gelegenheit nutzen andre gegen den Banquier, bald ist die Verwirrung allgemein. Das wohlriechende Feuer hat noch nicht lange geblitzt und gesprüht, so treibt unerwartet ein Wasserstrom aus den farbigen Feuerkreisen hervor, die Luft trägt wunderbare Mittelgerüche. Es sprützt Wasser von allen Seiten, es stäubt umher der Wasserfall bald als Staubbach, bald ist es der Rheinfall, unglücklich wen er trifft, der Flecken geht wie vom Weihwasser nimmer aus, unglücklicher noch wer den Emigranten mit Riechwasser nicht erreichen kann, der geschäftig umhergeht, es ist jetzt kein Zweifel mehr, der Geruch ist entschieden, das Wasser hat das Feuer überwunden, das Auge freue sich, die Nase mag leiden, ist jenes doch der edlere Sinn. Bei dem Wasser fiel ich mir selbst ein, ich dachte wie es in seiner ursprünglichen Tiefe manche keimende Sumpfpflanze befruchtet und wie ich jetzt emporgetrieben durch Druck und Kunstwerk vielleicht bald andern hinderlich, verächtlich scheinen möchte. Der Einfall empörte mich, ich ließ mir Wein geben, setzte mich in eine dunkle Laube und blieb betäubt sitzen. – Einige Regentropfen weckten mich, alles umher war in heftiger Bewegung. Es hatte sich ein Gewitter schnell genähert, bis zu seiner größten Stärke hatte die Musik den Donner verdeckt, was man nicht gern hören will, hört man nicht so leicht; der Wind erhob sich, die Lampen fingen an zu erlöschen, aber die Schauspieler hatten gar doppeltes Gewitter. Ihr Kolophoniumblitz und Baßgeigendonner wettleuchtete und polterte mit dem himmlischen bis der Wind sich immer stärker erhob und die Lampen erloschen. Medea sollte in ihrem Pappwagen auffliegen, aber dem Maschinisten war bange geworden, sie blieb fest auf der Sandbank, die ermordeten Kinder wachten auf und weinten über den Regen, der hineintrieb, Medea deckte sich und ihre Kinder mit einem ausgespannten Stockparasol. Mir wird jetzt immer so ruhig wohl beim Ungewitter, wie ich sonst meist beklommen ward; ich zog mich von dem schreienden Gedränge zurück, wo alle Kultur und gute Sitten die natürlichsten Beschützungsmittel durch Faust und Ellbogen nicht untersagen konnten, dabei das Geschrei nach Fuhrleuten und Wagen, nach Schuhen, nach Bedienten und Mädchen, das spottende Nachrufen der Gassenbuben, die volle Bühne des gemeinen Lebens, wo alle einander hinderten, weil jeder nur für sich sorgte. Ich floh auf das düstre Theater, welches mir mehr Schutz gegen den Regen versprach. Medea saß noch unter ihrem Schirm-Dache, sie hörte mich und rief mir mit sanfter Stimme zu: Bist Du es Lieber, komm unter den Schirm, Du wirst mir sonst krank. Der Schirm gefiel mir, ich rückte unter. Hat Deine Mutter gestern Dein spätes Nachtschwärmen nicht erfahren? fragte sie mit einem Kusse. In der bedrängten Lage entweder aus dem Obdache in den Platzregen verwiesen, oder im Namen eines andern geliebkoset zu werden, sagte ich sachte: Nein! Sie schien keinen Unterschied der Stimme zu bemerken, und fing gegen mich gerichtet heftig an bald aus Singe- bald aus Trauerspielen zu deklamieren, mir wurde dabei ganz bange. Die Donner immer näher den Blitzen rollen, bald ist Blitz und Schlag eins, wunderbarer Druck um uns, Medea lehnt sich mit einem Schrei an mich, wir sehen eine hohe Eiche, etwa hundert Schritt von uns entfernt, in Flammen. Ich stehe auf zum Löschen, Medea erkennt in mir einen andern, erneuter Schreck für das fühlende Herz. Ich ermuntre sie mir beizustehen, wir fangen an den brennenden Baum mit Hülfe einer Punschschale und mit dem stinkenden Wasserfall zu bekämpfen, als sich die Szene mit privilegierten Feuerlöschern füllt. Kaum sehen sie, es brenne nur ein Baum, so fallen sie voll Ärger über die Erfrischungen her, und eilen nach der andern Seite der Stadt zurück, wo ein Haus brennt. – Nach vieler Anstrengung gelang es mir den Baum zu löschen, Medea bat mich flehend sie und ihre Kinder gegen die Gefahren zu schützen, die der Stadt in dieser Nacht drohen. Ich schwöre es ihr bei allem was heilig, sie umarmt mich mit dem Schwure, mein Edelmut mache mich ihr jetzt schon werter als den Ungetreuen, für den sie mich gehalten, der sie in der Gefahr verlassen! Ich mußte in ihr Haus, wir befanden uns in einem wohleingerichteten von tausend verschiedenen Wohlgerüchen duftenden Zimmer, es schien ihr einziges; sie zog die Kinder aus und brachte sie im Nebenzimmer zu Bette, dann entledigte sie sich ohne falsche Scham ihrer durchnäßten Kleider, ich mußte ein Gleiches tun auf ihr Geheiß, da sie männliche Theaterkleider im Hause hatte. Sie hatte mir im Scherz altmodische Galakleider gegeben mit kurzen Ärmeln und langen Westenschößen. Es ward mir warm im Zimmer, unsre Unterredung immer einsilbiger, ich öffnete ein Fenster. Vor uns sahen wir in der Entfernung das flammende Haus, den roten Gegenschein am Himmel, die fernen Blitze, der Donner rollte noch dumpf, wir hörten das Gerassel der Sprützen, das wechselnde Lärmen der Menge, sie lehnte sich über mich, ich lag an ihrer Brust, ich hörte ihr schlagendes Herz, sie weinte über das Unglück jener armen Leute. Ich muß retten, sagte ich, aber es war als wenn glühendes Blei mich an die Stelle fesselte. Jesus Maria, rief sie, du wirst mich doch in der Angst, in der Gefahr nicht verlassen, Jesus Maria, meine armen Kinder! Maria hallte es in mir wieder. Wenn die Gefahr sich verbreitet, sagte ich sehr ruhig, komme ich unfehlbar wieder, morgen sicher. Gute Nacht Lieber, sagte sie etwas aufgebracht. Ich entriß mich ihr schnell und eilte in meinem Theaterschmuck zum Feuer. Welch Aufsehen machte mein Goldstoffrock unter den schwarzen Sprützenleuten, ein Spaßvogel unter ihnen brachte die Sage in Umlauf, der Teufel habe ihnen beigestanden, als ein Kammerherr gekleidet, darum sei das Feuer so schnell gelöscht worden. – Den andern Morgen tauschte ich bei Herminen, so hieß die Schauspielerin, die Kleider aus, ich habe sie seit der Zeit öfter gesprochen und viel von ihr gehört, es ist eine bewundernswürdige Gemütsstärke und eine gewisse Idealität in ihr, die sie weit über das Gewöhnliche erhebt.

Hollin

An Odoardo

B. den 10. August.

Ich fühle es immer deutlicher, immer lebhafter, ohne Marien müßte ich in den höheren Lebenssphären untergehen, nur für sie betrat ich diese Bahn. Nicht, daß ich ohne Erfolg arbeite, daß mir

Beifall fehlte, im Gegenteile meine Aussicht auf sichern Lebensunterhalt für Weib und Kind wird immer beruhigender, ich errege dadurch sogar Neid.

Du kennst meine alte Liebe zum Reiten, meine Begeisterung auf solchen Streifereien, es ist mein stärkstes Reizmittel zur Freude, ich spare es daher für den seltenen Fall auf. Vorgestern glaubte ich es mir notwendig, die Gesellschaft hatte mich langeweilt, Irene durch ihren Mangel an Sinn für Werke des Genies geärgert. Nicht ihr Tadel, sondern die Art ihres Lobes verriet es mir leider zu deutlich, daß sie ihre ganze Poesie der Liebe aufbewahrte, in ihr sie aufzehrte, und für die hatt' ich keinen Sinn, weil ich sie nicht liebte. Herminen durfte ich wegen der allgemeinen Sitte äußrer Lebensverhältnisse, bei der völligen Sittenlosigkeit des Stadtlebens nicht besuchen. Mir blieb kein Trost, als mein Pferd. Die erste Meile ritt ich in bewußtlosem Vergnügen einen Fußsteig über die Wiesen hin. Mein Pferd war sehr warm, mir war wohl, ich fragte bei einem einzelnen Landhause an, ob kein Gasthaus in der Nähe? Ein schöner heiterer Mann mit freundlichem Blick und freier Stirn bat mich bei ihm einzutreten, es wäre keins in der Nähe. Ich erkannte ihn, er mich, Poleni war es, den wir als politischen Schriftsteller mit einander schon früh ehrten. Er erfreut sich hier nach manchen Verfolgungen einer tätigen Ruhe in der Mitte seiner Kinder. – Wir traten in sein Wohnzimmer, seine vier Töchter sangen zum Pianoforte ein Chor, wir setzten uns still und unbemerkt hinter ihnen. Ich sah vor mir ausgebreitet das mannigfache Grün des Parks, der durch eine große geöffnete Tür, mit dem Lichte in den Saal zu treten schien, das von dieser Seite allein hineinleuchtete, die Wohlgerüche unzähliger Blumen umdufteten mich, ihr buntes Farbenspiel bekränzte die Tür. Dies alles vereint, vielleicht auch die eigentümliche Schallzurückwerfung im Saale berauschten mich wunderbar mit dem Gedanken, von ihnen im Lichte getragen walle die volle Harmonie der Töne zu mir. – Gott, nun mußten sie gar das Schlußchor aus Haydn's Schöpfung singen, – welche Erinnerungen, unzählig und himmlisch süß. Ich dachte traurig der Zeit, wo mir die Musik nur ein schnellerer Takt des Lebens gewesen war. Mariens Morgengesang auf dem Brocken erhob zuerst mein ganzes Innre in das heilige Reich der Töne; die wärmende Sonne weckte den ersten Ton in Memnons kalter Brust, in mir die leuchtende Liebe.

Hier hallten die letzten Töne des mächtigen Chors, Poleni sprach
mit den Töchtern leise und zwei Stimmen sangen zur Guitarre das
altdeutsche Lied:

Es ritten drei Reiter zum Tor hinaus, Ade
Fein Liebchen kuckte zum Fenster hinaus, Ade
Ich soll dich nun meiden süß Mädel mein,
Sollst nicht mein Liebchen mehr sein
Ade Ade Ade
O Weh O Weh O Weh!

Was war es, welche grausame unerklärliche Ahndung, die durch-
schauernd vom Fuße bis zum Scheitel erkältete; Tränen stürzten mir
aus den Augen, die ersten seit den Schmerzen der Kindheit. Und
wie die Tränen, die ich hinter der Hand zu bergen suchte, herabroll-
ten und der schmerzliche Drang nachließ, da schien mir alle Hoffnung, die Spannung des Lebens erschlafft und gesunken. Ich wollte
die Schlacke von mir werfen um in der Glut zu verzehren, aber
vergebens, ich glühte nur um zu verschlacken. Wozu wohl alles
Langweilige des Lebens ertragen, wenn jeder Enthusiasmus, jede
Liebe in ihm zerrissen, zerstört wird. Nur im Tode ist Freiheit und
jeder Tod ist für die Freiheit. Ach! auch ihr Töne seid nun tot, die ihr
von der Höhe und Tiefe mich ansprachet, denn was von euch mir
noch widerhallt ist nur Trauer des verlornen Paradieses. – Woher
kommt und wohin seid ihr entflohen, in denen mein ganzes Wesen
aufgelöst, vernichtet war. Ade! nur du ewige Wehklage unendlicher
Sehnsucht hallst in mir wieder, du suchst vergebens dein Leben im
Widerhall, du durchschauerst mein Innerstes die Himmelstochter,
die göttliche Maria, mit der Lichtfackel suchend. Aber du findest sie
nicht O Weh und ihr Gedanken findet sie nicht und sehnt euch vergebens zu ihr. Im fernen Süden tönt schon des letzten Schwanes
Gesang der höhern Heimat nahe!

*

den 11. August.

Alles schwieg, die Töchter begrüßten mich errötend, daß ich ihrem Gesange zugehört, kaum war ich im Stande ihnen eine gemeine
Artigkeit zu sagen für den großen Genuß, den sie mir geschaffen.

Bettine, die jüngste, verjagte bald meinen Trübsinn durch ihren Mutwillen. Der Vater besonders litt viel davon, selbst die ernsthafte Mutter fühlte ihn; ich gewann sie deswegen lieb, sie hat darin viel Ähnlichkeit mit Marien, witzig zu sein, ohne den Beifall andrer zu suchen, bloß weil ihr mehr Witz und Lebhaftigkeit geblieben, als sie in den Verrichtungen des täglichen Lebens verbrauchen kann. Nachdem Poleni mein Versprechen hatte, den Tag bei ihm zu bleiben, führte er mich in ein Gartenhaus mit einer Auswahl von Büchern und einem Schreibetische ausgeschmückt, er selbst ging bis zum Mittagsessen mit den Töchtern den häuslichen Geschäften nach.

Ich durchblätterte die Bücher und fand mehrere meiner Lieblinge. Aber sie paßten mir nicht, ich kannte sie nicht mehr, erschrocken darüber, noch mehr erschrocken über die Melodien, die mir durch den Kopf wogten, ergriff mich der Gedanke der Geistesverwirrung, das Schreckliche der vernünftigen Zwischenzeit, das Wunderbare des Übergangs von diesem Bewußtsein zum Wahnsinn, so entstanden die beiliegenden Blätter und ein Lied der drei rasenden Sänger.

Der Tag verging mir sehr schnell. Gegen Abend bestiegen wir zwei Nachen, Poleni mit der älteren Tochter Rosalie, ich mit Bettinen, wir ruderten wetteifernd und spiegelten uns in der Wasserfläche. Die Sonne war im Untersinken, der Himmel glühend rot, auch der Fluß schien entflammt, und jeder Ruderschlag unzählige Funken ihm zu entlocken. – Poleni's Haus wird mein Zufluchtsort.

Hollin

Einlage

Was es für Töne sein mögen, die aus der Trauer unwiderstehlich hervordringend den Schmerz und alles Gerassel des unruhigen Lebens übertönen? Nicht von außen kommen sie Dir, es sind nicht die unerlöschlichen, ewig fortschwebenden Nachklänge des vollen Tons Deiner regen Empfänglichkeit nur empfindbar; schließe Dein Ohr fest und immer fester und laut und immer lauter werden sie Dir klingen. Zuvor der Posaunenklang, in dem die großen Orgelgeister erwachen, wie sie allmächtig die Kirchenwände erschüttern, daß die Betglocke leise anschlug. In diesen lustwandeln Oboen und Klarinetten, es schallen munter Geigen und Zymbeln inzwischen.

Da erschallt die erste geweckte Menschenbrust und schwebt im Gesange emporgetragen, da noch der Fuß an der Erde wurzelt und alles schwebt in einem Klange und rauscht in einer Flut, es webt und wallet im Wechselleben. Wie du so einsam trauerst, Maria, um den verratenen Sohn, kann denn dein Sohn nicht mit trauern, daß du ihn geboren und daß du ihn sterben sahst? Es donnert über mir, durch das Eisengitter zucken rote Strahlen, ist es wohl gar eine neue Verkündigung der geborenen Liebe. Wie doch der Widerhall den Donner so liebreich aufnimmt und sanfter wiedergibt, er ist der Reim des Weltgerichts, in dem die Verdammung in Erlösung sich umwandelt. Der Regen indessen, wie summende sammelnde Bienenschwärme, vermählt mit der dürren unbefruchteten Erde den fliegenden Blütenstaub, der wie ein vertriebener Bräutigam über die Erde umhergetrieben wurde ohne Ruhe. So walle auch ich, Maria, und schwebe unsichtbar den Menschen, wenn kein Strahl deines ewigen Lichtes mich Sonnenstäubchen erleuchtet. Aber die Menschen kennen nicht die liebevolle Sehnsucht, mit der das Stäubchen zur Sonne sich sehnt: wenn ich mit den Ketten rassle, oder ein Glied sprenge, immer enger schränken sie den Blutenden ein und die guten mitleidigen Seelen weichen und beten. –

In deinen weichen Armen ruhe ich noch Natur, du lockst mich mit deinen süßen Bildern, deinem schmeichelnden Mondesstrahle und dem erfrischenden Dufte deines Atems. Das Wintergrün rankt hinan um mein verfallenes Fenster, ein Lichtstrahl von dir ewige Sonne und es rankte zu mir hinein, es umwände die drückende Kette, daß es zum Bacchusfeste ein grünender Kranz schiene und meine Wut und mein Angstgeschrei der holden Begeisterung flammend Leben, der Berauschung Siegeshymne. –

Wiederum rührte mich einer furchtsam an, wie das glühende Stahl, schrieb auf die Zahl der wallenden Pulsschläge und befühlte das Knochengerüst des Kopfes. Ach, daß ich euch nicht sagen kann, wo der innre Brand sich entflammte, daß ich euch nicht sagen kann, wie ich liebend euch alle in mir trage finstre strafende Wächter, wie ich euch nur ihretwegen liebe, die mir alle Seelenruhe mordete, für die ich sie willig gegeben habe. Alle Tropfen, die in der Höhe getrennt auf Erde und Meer zerfließen, alle trinkt begierig das All, aber ich hänge an der Felsenspitze und netze sie nicht, ich seh in die herrliche strudelnde ahndungsvolle Tiefe und vermag nicht zu ihr hinabzusinken und die Sonne erhebt mich nicht und bildet in mir nur andern den bunten Regenbogen, den sie angaffen und vergessen, ob er ihnen auch willig die herrlichen Strahlen sende.

Warum durchbricht so spät der Strahl mein verbautes Fenster? Da muß ich in der Finsternis an die blöden Augen schlagen, verwehrt es nicht, lieben Wächter, ich sehe dann Morgenlicht! Zwar schwindet es schnell wie jeder Morgen, aber war er darum weniger herrlich. Ihr schlagt mich, wenn ich mein Gebein zernage, ihr ahndet nicht die Wollust der Tat wie der Strafe, wenn ich dann den dehnenden, alles zerreißenden Schmerz des vollen Herzens nicht erkenne und meine, der fröhliche Tod komme mit Ätherluft mich zu tränken! – Welch Wunder, welch großes Wunder! – Sieh wie die Mauern erbeben, Strahlen auf und nieder schweben, Kindlein mit goldnen Flüglein auf der Leiter herniedersteigen, die Himmelsscharen sich vor mir beugen, Luft, Luft, es öffnet sich jede Gruft, Mariens Auge die Himmelsbläue durchbricht, freudig Erbeben, seliges Leben, ewiges Licht.

An Odoardo

B. den 18. September.

Eine feuchte durchwachte Herbstnacht hat meinen Sinn völlig erweicht, mein Haar tropft vom Morgentau und meine Augen tauen in Linderungstropfen des Lebens. Irene hat uns verlassen, mit ihr meine Beruhigung nicht unbefreundet in der Mitte von Hunderttausenden zu hausen.

Du umgehst die Abschiede, ich suche sie auf – man muß zum Leben den Tod kennen, zur Freundschaft Feind sein können. – Die Feier des letzten Abends hatte uns in dem Hause eines ihrer Verwandten, des Baron Rüst versammelt. Espagne, ein junger Kammerherr, der sie aus Eitelkeit liebte und sich gern das Ansehen glücklicher Liebe durch eine gewisse bedeutende Verlegenheit gegeben hätte, verstummte zuerst beim Champagner. Der Wein brachte ihn zur Wahrheit und zum Verstande, er fühlte die getäuschte Hoffnung andre zu täuschen, die Rolle war ausgespielt, der Theaterkönig stieg herab von der Bühne, er galt sich selbst nichts mehr, weil er niemand mehr auf sich blicken sah. Rema, ein junger talentvoller Dichter machte uns erst froh durch seine Laune, trank aber zur Erleuchtung etwas viel, in dieser Stimmung klang ihm bald der Abschied so traurig, die Gräfin schien ihm so liebevoll, er erglühte urplötzlich in neuer Liebe, er mußte seine Tränen zu verbergen in ein andres Zimmer flüchten. Er war nicht zu beklagen, ich weiß es, heute wird ihm seine Klage dramatisch, er wird sich der Held eines Trauerspiels – aber Rüst fühlte an diesem Abende nur den einen Gram, der sein Leben schon lange verzehrte, nicht stärker nicht schwächer als immer, aber wie das immerwährende Kopfweh an der Schwächung und Austrocknung aller Quellen des Lebens und der Freude, – den Gram hoffnungsloser Liebe. Er suchte die stockende Unterredung durch manche Erinnerung zu beleben, denn es ist doch nun ein Mal leider Pflicht geworden, daß die Menschen, wenn sie zusammenkommen einander etwas vorerzählen müssen. Nur eine Erzählung aus seinen Reisen muß ich Dir wiederholen, sie hat mich tief gerührt.

Rüst hatte die Festung K. gesehen. Die große Natur dieses Felsens, seine Unabhängigkeit, das Abgeschnittene von der ganzen umgebenden Welt hatten ihm den Wunsch recht lebhaft erregt hier in dem freien Strome der Luft, im Schatten der düstern Buchen, an dem wundervollen Brunn, im Anschauen der heitern Täler, der rauhen Felsen umher sein unruhiges Leben ruhig zu beschließen. Mit ihm zugleich stieg ein alter Landmann den steilen Weg hinab. Sie kamen mit einander in Gespräch, der Mann sprach sehr vernünftig, er erzählte von einem Gefangenen. »Er starb, sagte er, vor etwa vier Jahren, ein guter Herr bis zu seinem Tode schön, immer traurig, auch traute er niemand als mir. Er saß seit seinem zwanzigsten Jahre als Staatsgefangner und starb zwölf Jahre nachher vom Gram zerstört. Er war schwedischer Offizier und verließ sein Vaterland um die Welt zu sehen. Damals reiste auch eine Königstochter umher. Er sah sie zuerst im Schauspielhause, er beschrieb mir mit vieler Rührung wie er sich an die Lehne einer Bank habe stützen müssen bei ihrem Anblicke, wie ihm so bange geworden, sein Atem gestockt, wie er begierig jeden ihrer Blicke eingesogen, wie nur aus ihrem Auge alles umher sich belebt hätte, wie er diese Augen bewacht und anfangs doch nicht hineinzublicken gewagt habe.

Er schwankte lange zwischen der Furcht sich zu verraten, zwischen der Hoffnung ihre Teilnahme zu wecken, endlich ließ er sich ihr vorstellen, seine Füße trugen ihn kaum, er wußte nicht was er sagte, beim Abtreten ließ ihn die Prinzeß zum Handkuß, himmlisches Leben umfing ihn, sie drückte einen Ring in seine Hand – für den einen Augenblick versicherte er oft, sei ihm alles Leiden, selbst der Schmerz der verlorenen Jugend und Hoffnung lieb. Nach mehreren Annäherungen erhielt er einen Brief durch unbekannte Hand, sich an einem Ausgange des Schlosses als Arbeitsmann verkleidet einzustellen und in seinem Vaterlande für ihre gemeinschaftliche Sicherheit zu sorgen. Er zählte die Augenblicke, ach! er kam der unglückliche Augenblick, er ward von Bewaffneten überfallen an jenem Eingange gebunden, noch während der Nacht auf die Festung gebracht, anfangs streng eingesperrt, nachher erleichtert. Er konnte nur über die eigentliche Ursache dieses schrecklichen Wechsels raten, was half es ihm die Ursache zu wissen, er hörte in der ganzen Reihe von Jahren nichts was auf sein voriges Leben Bezug hatte. Nur eins war es was er erfuhr, es kostete ihm das Leben. Es war ein Jahr vor seinem Tode als eine unbekannte, reiche Frau durch einen Jäger mit einem wachenden Soldaten unterhandelte, ihr für jeden Preis eine geheime Zusammenkunft mit dem Gefangenen zu verschaffen. Der Soldat war unbestechlich und meldete alles dem Kommandanten. Der Versuch mißlang dadurch, eben so wurde ein zweiter unter anderm Namen vereitelt. Durch Unvorsichtigkeit drang das Gerücht dieser ausgezeichneten Teilnahme einer Frau für einen von aller Welt Vergessenen bis zu ihm durch, mit ihm kam die längst erstorbene Hoffnung in sein Gemüt, er schmückte sich wieder mit der Uniform seines Regiments, sein Gesicht erheiterte sich jugendlich, die Tage des Leidens schienen ihm nur dunkle Erinnerung, sein Blick streifte durch die Gegend, verweilte bei jedem Wagen, auf jedem Ankommenden – es vergingen Wochen, Monate, alles blieb, kein neuer Versuch der Rettung ermunterte ihn, – noch ein Mal mußte er sich von allen Hoffnungen losreißen – er alterte fürchterlich schnell, gottlob er starb bald.« – Rüst endigte und sah traurig durch das Fenster in die düstre stürmende Nacht, ich hatte nicht bemerkt, wie heftig Irene von der Erzählung ergriffen worden, ich war es selbst.

Espagne riß uns endlich durch seine komischen Erzählungen von einigen verkrüppelten Höfen aus der Verlegenheit, wir tranken zur Aufheiterung viel Champagner, mir war zu Mute als läge in meiner Hand die Weltherrlichkeit und mich ergriffe die Lust, sie im Scherz zu zerstören. – Der Abschied war ein kurzes vorübereilend trauriges Bild. Espagne hatte heimlich einen Wagen bestellt, in dem er ohne Irenens Wissen, sie einige Meilen weit begleiten wollte. Er war fünf Minuten früher langsam vorausgefahren, ich eilte ihm nach und erreichte ihn nicht fern vom Tore. Ich dachte mir wie froh er in diesem Augenblicke über die letzten Augenblicke der Gräfin, über ihre Zuneigung zu herrschen hoffte, mir war es schmerzlich so ohne eigenen Genuß in das fröhliche Anspinnen seiner Liebe zu greifen, aber der Wein bildete mir tausend lächerliche Lagen vor, mein Lachen hätte mich fast verraten. als ich hinten unbemerkt auf den Wagen sprang und nun fand, wie ruhig neben einander durch eine spanische Wand geschieden, zwei mächtig verschiedene Sinne zusammengestoßen werden könnten. Bald erreichte uns Irenes Wagen, Espagne hielt, um sie zu begrüßen, aber ich kam ihm zuvor. In einem Sprunge saß ich auf dem Kutschersitze an Irenens Wagen und trieb die Pferde im raschen Laufe fort, so daß Espagne im Schrecken, die Pferde wären vor seinem Wagen scheu geworden, seinen Einfall tausend Mal verwünschte. Durch das geöffnete Kutschfenster blickte ich tausend Mal in das Halbdunkel des Wagens, ich glaubte Marien zu sehen, auch der zögernde Kuß beim Abschiede war mir ein Zuruf aus der schönen Vergangenheit. –

Ein Leiterwagen brachte mich zurück. Das Aufbrausen des Champagners war jetzt verraucht. Die Nebelwolken strichen über die Erde, und lagerten sich an ihren Saume, der Wind erhob sich, die Kälte drang immer tiefer ein, die kleinen Lichter in den Dörfern wurden wach, der Himmel rötete sich; wie öde und traurig und einsam wurde es in mir, während alles umher rasch wechselte; das tote Tagewerk der Menschen begann und ich hatte das Leben der Natur, die heilige Nacht gewaltsam hineingerissen, es seufzten mir die Türangeln des langsam aufgehenden Stadttors, es gähnte der Torwächter dem neuen Tage entgegen.

Hollin

An Odoardo

B. den 5. Oktober.

Ich bin krank gewesen, recht sehr krank, ich verheimlichte es Dir zu Deiner Ruhe; jetzt führt mir jeder Tag neues Leben und Gesundheit zu, aber alle Beschäftigung wird mir noch schwer und ich ermüde schnell dabei.

Vor vierzehn Tagen weckte uns das Stürmen der Turmglocken, das schreckhafte Blasen des Nachtwächters und das Wirbeln der Trommeln an den Toren gegen Mitternacht aus dem Schlafe, es brannte in der Vorstadt, ich eilte zu Hülfe. Äußerst erhitzt vom Leitersteigen und vom Tragen der geretteten Sachen, ward mir im Vorbeigehen beim Ausgießen in die Sprütze, alles Wasser eines großen Fasses übergestürzt, indem der Boden ausfiel. Ein furchtbarer Fieberschauer überlief mich, kaum konnte ich mich aufrecht erhalten. Vergebens wollte ich mir durch heftige Anstrengung bei den Sprützen die vorige Wärme wiedergeben, es war als wenn alle Anstrengung mir unmöglich geworden wäre. Ich ging nach Hause und legte mich in das Bett, welch ein krankhaftes bewußtes Wohlsein fühlte ich in dieser Ruhe. Da vermehrte sich die Hitze fast mit dem Augenblicke, ich konnte den Puls schlagen hören, ich fühlte wie alle Gewalt über mich selbst, alle willkürliche Bewegung mir allmählich verloren ging. Ich wollte nach meinen Diener im Nebenhause schellen, aber ich konnte mich nicht mehr aufrichten, die Vorstellungen folgten unwillkürlich, in einem Augenblicke schrie ich, weil ich wegen der Glut in mir glaubte, das Feuer habe mich gefaßt, im andern Augenblicke konnte ich es nicht begreifen, warum ich gerufen. Ich durstete heftig, mein Mund war trocken, aber ich hatte nichts zu trinken. Jetzt erst fühlte ich es ganz, mit wie viel tausend Klammern Mariens Liebe mich dem Leben angefesselt. Du weißt es, wie gleichgültig mich vor zwei Jahren das gefährliche Fleckfieber ließ, jetzt fiel mir tausendfacher Aberglauben ein, ich machte zur Verlängerung meines Lebens Gelübde, zählte an den Knöpfen mein Schicksal ab, die Hitze mochte auch dazu beitragen. Bald sah ich viele Erscheinungen umher, Maria in einem schwarzen Kleide mit einer Königskrone trat weinend zu mir und legte eine warme Hand mir auf die Stirn, Du warfest Dich schmerzlich bei mir nieder, es standen viele alte Krieger umher, man trug mich fort, die

Leichenfrau war mit mir beschäftigt, ich sah mich selbst wie ich in dem schwarzen Sarge mit zinnernen Griffen lag. Da schoß es mir urplötzlich in den Sinn, aber ich sähe ja das alles, wie könne ich tot sein, ich schauderte vor dem Gedanken, lebend begraben zu werden, ich wollte den Trauernden umher mein Leben, mein Erwachen kund tun. Aber keinen Arm konnte ich heben, mein Mund war geschlossen, nur mit den starren Augen blickte ich, um Schonung von euch zu fordern. Da kam Maria und drückte auch diese Augen mir zu und ließ eine Träne darauf fallen. Ich fühlte ihren Schmerz und den meinen sie zu verlassen, ich konnte euch und mich nicht mehr retten, der Sargdeckel wurde zugeschlagen, die Träger hoben mich, die Schüler sangen ein Sterbelied, das Geläut der Glocken klang durch und das Weinen der Lieben, die mich begleiteten. Da stieß etwas heftig an den Deckel, er fiel ab, neue Hoffnung sammelte alle meine Kraft euch ein Zeichen des Lebens zu geben und erhob mich – hier erwachte ich aus dem Traume; meine Decke schien eben herabgefallen, ich war in der höchsten Glut. Ich rief so laut ich konnte, mein Diener kam erschrocken, sagte mir ich sähe ganz entstellt aus, ich konnte ihm noch sagen einen Arzt zu rufen, nachher fiel ich gleich in Bewußtlosigkeit, ich weiß nur, daß mir einige Mal beim Anblicke des Lichts die Augen schmerzten. –

Nach vier Tagen erwachte ich zum ersten Mal, indem alle meine Träume immer mehr mit dem Wirklichen zusammenstimmten. Hermine, die Gute saß an meinem Bette, von dem sie sich seit dem ersten Tage nicht hatte vertreiben lassen. Sie war schwärmerischer denn je, sie bewillkommte feierlich mein Wiedererwachen und beschwor den gegenwärtigen katholischen Geistlichen in diesen wenigen mir noch übrigen bewußten Augenblicken, mir die ewige Seligkeit zu schenken. So erwachte ich nur, um meinen Tod zu erfahren. Ich dankte für ihre Freundschaft, die ich nun immer verdienen könnte und bat den Pater sich nicht zu bemühen, sowohl weil mir jetzt in meiner Schwäche aller Sinn für religiöse Handlungen fehle, als auch weil es meine Verwandten schmerzen könne, da ich nicht zu seiner Kirche gerechnet würde. Aber sie haben so oft, fragte der Geistliche mit einigem Erstaunen, die heilige Mutter in ihrer Krankheit angerufen? Ich drückte ihm die Hand und sagte, um nichts zu verraten: Ich erkenne die Himmlische und sie hat mir Stärke gegeben. – Bald schlief ich ein in dem festen Glauben nicht wieder zu erwachen. Doch erwachte ich den folgenden Tag wieder, bewußter und freier. Der Arzt gab jetzt unerwartet gute Hoffnung, Hermine schwärmte, sie sang begeistert: Ihn wiederzusehen, ihn meinen Romeo. Der Arzt mußte sie fast gewaltsam in ein anderes Zimmer bringen, mich ergriff ihr Gesang zu heftig. Bald gesundete ich mit der gewöhnlichen Stärke meines Körpers durch unzählige Hoffnungen belebt, die mir nun wieder neu geworden waren, weil ich darauf Verzicht geleistet hatte, der Arzt staunte über meine Herstellung. – Was empfing ich für liebe Zeichen der Freundschaft und Teilnahme, besonders von weiblichen Bekannten. Es liegt ein Schatz von Herzensgüte in der Weiblichkeit, den keine Verbildung rauben kann, sie stärkte mich mehr noch als die kräftigen Suppen, mit denen sie gütig wetteifernd mich täglich versorgten.

Hollin

An Hollin

M. den 9. Oktober.

Noch bangt mich seit Deinem letzten Briefe, Du bist doch sicher ganz hergestellt? Hätte ich Dir wenigstens durch meine medizinische Kenntnis beistehen können, aber ich fühle es nur zu gut indem es das Leben des Freundes gilt, sie sind, wie alle Kenntnisse, Einbildungen ohne Grund, womit einander die Menschen die Zeit vertreiben. Du mußtest leben zur Freude Deiner Freunde! – Lenardo, der hier angekommen, rühmt Deinen heitern Gesellschaftston, Deine Kunst allen zu gefallen, indem Du von allen geachtet wirst. Er hat mich in dem Hause seines Vaters eingeführt, ich bin oft und gern dort. Maria ist heiter, viele werben um sie, der Vater hat sie aber schon früh dem Sohne eines Universitätsfreundes versprochen. Ich brauche Dir die Hindernisse nicht aufzuzählen, die daraus Deiner Liebe entstehen, aber denke Dir das größte Hindernis, wenn auch alle diese überwunden würden, wenn Maria Dich, Du Marien aufhörtest zu lieben. Ich brauche Dich nicht an die Ausbrüche Deiner Leidenschaftlichkeit bei dem Lesen der ersten romantischen Dichtungen, der Ritterbücher zu erinnern, wie Du alle ihre Phantasien in das Leben einführtest, die Reihe von Jugendleiden, die sie Dir bereiteten, müssen sie frisch in Deinem Gedächtnisse bewahrt haben. Laß jetzt in den entscheidenden Jahren Deines Lebens nicht gleiche Schwärmerei in phantastischer Sehnsucht ein Band knüpfen, das in der Wirklichkeit, im Genusse bald erkaltet und trostlos Dich reuet. Es gibt Augenblicke der Reflexion, in denen gedrängt unser Leben vorüberzieht, wir glauben als kalte Zuschauer dabei zu stehen, manche Heimlichkeit über uns zu erfahren, aber dieselbe täuschende Gewalt lebt im Bilde wie in Dir. Bist Du nicht selbst geändert, das Bild wird Deinen Faltenwurf gleich Dir tragen, denselben unrichtigen Gang wird die zurückgestellte Uhr noch einmal zeigen, vielleicht noch unrichtiger, durch das Zurückstellen aufgehalten. – Ist es nicht wunderbar, daß die Sphäre, in der Du unglücklich Dich fühlst, Dir günstig ist, daß Du nützlich darin wirken kannst, daß Du dagegen immer, wo Du heiter und beglückt Dich nanntest, durch Änderung, Umsturz, rasche Tat beunruhigtest. Du nennst das den unseligen Fluch des finstern Schicksals, der auf Dir ruht; ich sage, Du bist für das Leben noch nicht gereift, Du passest jetzt nur, wo Du nicht lebst, wo Du gelebt, da griffest Du gewaltsam ein in fremde Wirkungskreise. Laß in der Liebe dies eine treu gemeinte Warnung sein.

Odoardo

An Hollin

M. den 15. Oktober.

Ich komme mir ohne Dich wie ein zerbrochener Pfennig vor, wozu Du das andre Stück hast, ich gelte nichts, wir beide verbunden vermehren den Witz im Umdrehen, wie ein Heckpfennig sich selbst. Denk Dir, es hat nie einen reichern Kampfplatz für uns gegeben als hier, mein Alter hat den Komödien-Geschmack gefaßt nach einer Unterredung mit dem Minister, der es für das beste Ausbildungsmittel junger Studierender erklärt hat. Ich bin auch, wie Du weißt, so ein junger Studierender, der sich ausbilden will, ich mußte gleich daran, ihm eine Komödie zusammen zu bringen. Du solltest ihn nur sehen den alten Herrn, wie er begeistert sein Dreieck auf den Wirbel der braunen Perücke setzt. Odoardo mit seiner Hiobsmiene tut es mir schon im Spielen zuvor, der Himmel weiß was mein Vater und Marie seinem Essig für Geschmack abgewinnen, sie verteidigen ihn gegen alle meine freundschaftlichen Angriffe. Du mußt endlich auch Dein Versprechen erfüllen hierher zu kommen. Da habe ich mir einen wunderbaren Spaß ausgedacht, zwar nicht mit Dir und an Dir aber durch Dich. Wir führen in drei Wochen Schillers neuestes Trauerspiel Maria Stuart auf. Ich habe Marien beredet die Maria zu spielen, es würde mir nicht gelungen sein, wenn mein Vater mit seiner herrlichen Suade von kindlicher Pflicht, Stütze des Alters, von seinen Aufopferungen für sie nicht entschieden hätte. Odoardo spielt den Leicester, Santorin den Burleigh, Roland den Schrewsbury. Ich soll den Mortimer machen, das heißt wahrhaftig machen, denn ich bin keiner, aus mir einen Mortimer machen, heißt am Lärchenspieße einen Hirsch braten, einen Frosch zum Ochsen ausblasen, einen Stein zu Brot machen. Diese Rolle übernimmst Du, kömmst den Tag der Aufführung an, hältst Dich bei mir versteckt und trittst dann zu aller Verwunderung auf, ich sehe Dich in dem zierlichen spanischen Kleide, Deine Stimme erfüllt das Haus, die Erde bebt, wo Du auftrittst, Dein Auge glüht; die Weiber unten seufzen bei sich, die Maria ist doch recht albern ihn abzuweisen und kömmt es endlich zum Erstechen, so weinen alle und möchten von Dir mit erstochen werden. Du gabst mir während meiner Leidengeschichte das Versprechen, mir den Schmerz durch jede Freude, die in Deiner Gewalt, zu vergüten, jetzt ist es Zeit, Bruder, jetzt beschwöre ich Dich, aber alles bleibt ein Geheimnis, für uns beide nur nicht.

Lenardo

An Maria Lenardo

B. den 28. Oktober.

Glück meines Lebens, Maria, bald ist unsre Liebe frei und sicher vor den Augen der boshaften, neidenden Menschen, wie in unsern; bald ist unser Glück, unsre Ruhe unerschütterlich bis zum Tode, der uns zusammen, fest umschlungen einander, hinweghaucht, aber nicht trennen kann. Ich fühle nicht mehr die Fesseln welche mich niederdrückten, meine Galeerenarbeit ist geendet, süß ist die Ruhe in Deinen Armen. Kaum kann ich Worte finden, so freudig braust alles Leben in mir auf. – Heute verkündete mir der Minister, ich sei fähig gefunden worden, sogleich als Bergrat angestellt zu werden. Alles was Dein Vater allein achtet, Würde, Ansehen, Geld kann ich ihm als Werbung bieten, Dir bringe ich dasselbe liebende Herz zurück, welches in den herrlichsten Tagen meines Lebens mein ganzes Wesen erfüllte, das Deine Liebe mir schenkte, mich ganz beseligte. Maria, die süße Erinnerung der blitzschnellen Stunden im Walde erfüllt mich noch ganz, bald liebes Lebenswunder werde ich Dich umfangen, Dich küssen in fremden Namen, aber Dich nicht mein nennen. Du wirst mich hart zurückstoßen, der süße Zwang in der herrlichen Aussicht wird mich fürchterlich beseelen, entzweien, in mir kämpfen; sei nur recht hart, zurückstoßend, weiches Herz, verbirg Dich im Königsschmucke, Du Schönste ohne Schmuck und Kleid, damit ich nicht taumle und des ganzen Lebens Wonne in der gedoppelten Liebe der Kunst und der Natur, allen zur Schau an mich reiße. – Du verstehst mich nicht, Herzenskundige, und ich liege doch so ganz offen mit allem Laster mit aller Tugend vor Dir? In neun Tagen bin ich bei Dir, eine Ringmauer umfaßt uns, aber nicht ein Bett, Fräulein Lenardo bist Du, ich Herr Hollin; die Lichter sind angezündet, der Vorhang rauscht auf; warum trauerst Du Maria Stuart, hat Dir die Liebe nichts verraten, kein Traum, keine Ahndung Dich umgaukelt, ein Retter ist Dir nahe, o wie freudig würde er für Dich sterben, wie selig mit Dir leben! Wie, soll ich meinen Augen trauen, der harte böse Neffe Paulets, ist Hollin, Mortimer.

> Eilende Wolken! Segler der Lüfte!
> Wer mit euch wanderte, mit euch schiffte!

Hollin

N.S. Der Überbringer ein guter Freund von mir, der aber unser Verhältnis nicht kennt, kann einen Brief von Dir an mich sicher besorgen.

Frank an den Herausgeber

Nachschrift zu den überschickten Briefen
Hollin's und Odoardo's.

Du wirst viele der herzlichen Gefühle mit empfunden haben, aus denen das ganze Schicksal des unglücklichen Hollin zusammengewebt war, vielleicht hast Du ihn lieb gewonnen, wie er uns andern lieb und wert war, die ihn lebend kannten. Sicher kannst Du daraus noch nicht begreifen, den schnellen Glückswechsel, der ihn von dem Gipfel seiner Hoffnungen herabstürzte in den traurigen Tod, von dem damals die öffentlichen Blätter nach falschen Gerüchten erzählten. Ich mußte leider gegenwärtig sein, jetzt nach Jahren erfüllt mich noch innige Wehmut. Sein Geist und seine Schönheit, alle Tugenden, die er unbewußt übte, sein Reichtum an Kenntnissen jeder Art, die Leichtigkeit fremde Ansichten zu verstehen und zu prüfen, eine gewisse Herrschaft, die er ohne Absicht über die Gemüter erwarb, die ganze schöne Harmonie seines Lebens hatten ihm jede Lage und jede Zeit mit Freunden und nützlichen Bekannten, mit Aufmunterungen und günstigen Zufällen reich ausgestattet, er schien ein Kind des Glücks, ein Liebling des Schicksals auf den ihre eigensinnige Laune allen Frohsinn gehäuft hatte. Er traute jedem, die meisten ihm, Maria's Liebe war sein einziges Geheimnis, weil Stand und Einkommen bei der strengen kalten Gemütsart ihres Vaters, ihn hinderten damals bei ihrer ersten Bekanntschaft öffentlich als Werber aufzutreten, nachdem er von ihr jede Gewährung erhalten hatte, wie freie rücksichtlose Liebe sie gibt. Niemand kannte ihn genauer als Odoardo, wenn ihn etwas bestimmen konnte, so war er es, gegen niemand war er so offen, niemand traute er so ohne Einschränkung. Odoardo kannte Hollin's Liebe, er wußte daß er günstige Umstände suchte, um sich mit ihr zu verbinden, er wußte nicht die Größe seiner Verbindlichkeit; dieses unselige Geheimnis bereitete ihnen Verderben. Marien war dadurch jede Verbindung mit ihrem Geliebten abgeschnitten, sie mußte sich gegen Odoardo in ihren Äußerungen über seinen Freund verbergen, in den Schranken der gewöhnlichsten Bekanntschaft halten. Odoardo nahm dies für Ernst, weil er den Grund ihrer Verstellung nicht absehen konnte, er glaubte sie dem Glücke seines Freundes nachteilig, zu kalt, eines dauernden Eindrucks unfähig, zu sehr der Meinung und den Schwächen ihres Vaters ergeben. Seinen Freund hielt er für unbeständig, er fürchtete seine Liebe werde im ersten Genusse, in der vollen Befriedigung erlöschen, alles Leben nachher ihm unschmackhaft werden. Maria stellte sich gegen ihn heiter, er schrieb es dem Freunde sogleich, auch dieses trug zu dem Unglücke bei. Du wirst es schon aus den Briefen Hollin's wissen, daß Marien aller Briefwechsel mit Hollin unmöglich gewesen, nicht weil es ihr Vater insbesondre gegen ihn, sondern weil er es in Rücksicht aller Männer verboten und die Mutter, welche mit allen Vorzügen und allen Fehlern der vergangenen Zeit begabt war, unerbittlich strenge über diesen Befehl wachte. Der Briefwechsel mit ihren weiblichen Bekannten wurde recht gern und ohne Einschränkung, ohne Durchsicht der Briefe gestattet. Unseliges Vorurteil! Als wenn nicht Liebe oder gemeinschaftliche Verleumdung die eigentliche Würze aller Unterhandlung unter Weibern ist, die weder gelehrt noch haushälterisch mit einander tun. Mariens Nichte Beate, die wir auf der Insel im Vorbeigehen kennen lernten, wohnte seit einiger Zeit in B. Sie konnte Hollin jene kleine Beleidigung nie vergeben, auch sie liebte ihn. Sie wußte daß er Marien nicht ganz gleichgültig sei, das war hinlänglicher Grund von ihm zu schreiben. Es gibt Männer, deren ganze sonst wohl versteckte Verworfenheit sich bald in ihrer Unfähigkeit äußert, alle Verhältnisse zu Weibern unter mehr als einem Zwecke zu betrachten, es gibt Weiber, die sich für die Einschränkung ihres Lebens durch Erdichtung fremder Ausschweifungen schadlos zu halten suchen. Alle Gerüchte welche auf diesem Wege entstanden, zu denen Hollin, weil er sie nicht fürchtete, ohne wahren Grund viel Veranlassung gab, berichtete Beate treulich an Marien unter dem Insiegel der gewissesten Wahrheit und der Verschwiegenheit; alle Besuche bei Irenen, bei Herminen in Poleni's Hause wovon der nächste Posttag sie benachrichtigte waren glühende Klammern, in denen ihr freies liebendes Herz bald das fröhliche Klopfen bei dem Gedanken an den Geliebten verlernte, jede Nachricht schreckte sie heftig auf, doch wollte sie immer mehr wissen, eröffnete sogar in dieser Ohnmacht der Trauer Beaten, die sie sonst wohl dessen unwürdig gehalten hätte, ihre Liebe zu Hollin, seine Liebe zu ihr. Die Eifersucht gab Beaten neuen Stoff. Denke Dir die unglückliche Maria aus dem Himmel hoher Liebe und Treue durch ihre Freundin herabgestürzt, nur zu gewiß daß bei seinem heftigen aufbrausenden Gemüte, wenn sie seine Liebe einmal verloren, keine Rückkehr zu hoffen, ohne Nachricht von ihm, ohne durch Vorwürfe ihren Kummer erleichtern zu können, in einigen Monaten Mutter, in den Augen der Welt geschändet, verlassen von allen, von ihren Eltern, ihrer guten ehrbaren Mutter und allen Freunden ausgestoßen. Nicht die Aussicht auf diese Schmach war es, die ihr das Herz brach, für ihn hätte sie gern mehr ertragen, aber seine Liebe zu teilen, zu verlieren, machte sie elend. Und in diesem großen, vollen Elende mußte sie vor ihren Eltern froh wie ehemals erscheinen, ihren Zustand verbergen; sie mußte aller Gegenrede ungeachtet der Grille und der Eitelkeit ihres Vaters gehorchen, vor allen Bekannten die Hauptrollen mehrerer Schauspiele mit Ruhe und Besonnenheit aufführen, von ihrem Beifalle, ihrem Lobe über alle erhoben zu werden, deren bittern geifernden Spotte sie sich bald Preis gegeben sah. In dieser Zeit hätte Hollin's letzter Brief, wenn er in ihre Hände gekommen wäre als es noch Zeit war, den trüben Schleier zerreißen können, aber der Freund, der den Auftrag hatte, ihn durchaus nur ihr und nicht in Gegenwart andrer zu übergeben, suchte vergebens alle Mittel auf in verschiedenen, erdichteten Aufträgen in ihr Haus zu kommen. Er sah sie nie allein, sie erhielt ihn als es zu spät war, an dem unglücklichen Tage, zu dessen Geschichte ich fortgeeilt hin.

Ich war mit Hollin den Tag vor seiner Abreise in einer fröhlichen Gesellschaft, ich hatte ihn nie so mutwillig, so witzig gesehen, ich hörte daß er auch nach M. reise, er nahm meinen Vorschlag an, zusammen zu fahren. Auf der Reise war er abwechselnd sehr gesprächig, heiter und sehr nachdenkend, wir kamen den Abend vor der Aufführung des Trauerspiels nach Mitternacht vor den Toren von M. an. Die Tore durften nicht mehr geöffnet werden, wir mußten in einer Herberge vor dem Tore einkehren. Ich legte mich auf das ausgebreitete Stroh, Hollin in seiner fröhlichen Begeisterung war zum Schlafen zu sehr erhitzt, er setzte sich gegen ein offenes Fenster, eine Laterne leuchtete ihm, er schrieb und las abwechselnd. In seiner Brieftasche fand ich nachher die Worte an Marien. –

Maria, als mein Arm zuerst Dich umfing, spielte die Natur zu unserm Tanz eine fröhliche Weise, Blumen sproßten unter Deinem Tritte, die Vögel liebkosten Dich mit süßen Klängen. Die Blumen sind verblüht, die Vögel hinweggezogen, der kalte Herbstwind kräuselt mit dürrem Laube den Staub des Bodens. Noch in eben dem Tanze bebt, pocht mein Herz bei dem leisesten Anhauche Deiner Erinnerung, sein Frühling ist nicht entschwunden, nicht seine Blüten. Bist Du es noch Hochgeliebte, die wie ehemals meiner wartet, süße Liebe hättest Du nur ein Wort zur Antwort mir geschrieben, nur ein Angedenken jener Zeit, ein Tannensträußchen mir gesandt, ich wäre nicht einsam allein so nahe, so nahe bei Dir.

Alle Jugendträume fliehen mich, Du hast sie alle gefesselt, Dir sind sie willig geopfert; laß Jugendschönheit, Jugendfreuden fliehen, nur Deine heilige Liebe, das Schöne aller Schönheit glühe für mich unwandelbar, ewig. –

Er war früher wach als ich und behauptete gut geschlafen zu haben. Hier am Ziele aller Wünsche schien ihm die erste Unentschlossenheit seines Lebens anzuwandeln, er lief Treppen auf und ab, bald wollte er noch einige notwendige Briefe schreiben, bald sich ankleiden, erst wollte er nach einem Wirtshause in der Stadt, endlich beschloß er, wie er mir sagte, wegen einer kleinen Überraschung, in der schlechten Herberge zu bleiben. Nachher bat er mich, den Wirt zu fragen, wo der Rat Lenardo wohne, ich konnte damals nicht begreifen warum er es nicht selbst tat. Er hatte es kaum erfahren, so eilte er zum Anziehen, er machte alles unrecht und bekümmerte sich nicht viel, als ich ihm sagte, sein Kleid sei aufgerissen. Ich ging bald in die Stadt zu meinen Freunden, von denen ich den Abend zu der Aufführung der Maria Stuart mitgenommen wurde. – Maria hatte den Morgen durch einen neuen Brief von Beaten geängstet, viel über Hollin's Untreue geweint, dazu kam der Schmerz ihres Zustandes, das unangenehme Lernen der Rolle. Angst ergriff sie, Rache härtete sie; mit aller Heftigkeit der gemißhandelten Liebe wollte sie an ihn schreiben, ihren Eltern alles entdecken; in dem Augenblicke trat er selbst, den sie verfluchen mußte, weil sie ihn liebte, in das Zimmer. Er sieht sie und stürzt sprachlos ihr in die Arme. Sie dreht sich unbewußt in dem Rachgefühle des Zorns von ihm weg und weint. Todesgeister ergreifen ihn, er fühlt unschuldig die Qualen eines Verdammten, halb erstickt ruft er: Maria Du wendest Dich von mir, bist nicht mehr mein, nur ein Wort, ein Blick bei aller Liebe die uns einte, bei aller heilgen Treue, Du bist mein!

Treue! Liebe! ruft sie, abgewandt mit der Bitterkeit der empörten Liebe, verräterischer Buhler, hast Du mit denen Worten Herminen, Irenen, Bettinen auch getäuscht, fort, ich hasse Dich!

Der Unglückliche, die keimenden Gedanken wollten sein Gehirn sprengen, wer als Odoardo, konnte jene Namen ihr genannt haben und doch wußte er seine Treue. Warum konnte er Marien getäuscht, ihn verleumdet haben? Die Wut getäuschter Lebenshoffnung ergreift ihn, er stößt sie zurück und ruft: Ha, in Dir glüht kein Funken alter Liebe, kein Angedenken jener Zeit! – Alles ruft ihr den Wechsel vergangener Seligkeit mit dem jetzigen Elende zurück: Der Schmerz! sagt sie weinend.

Der Schmerz, Elende, fällt er heftig ein, der Schmerz! hält neue Freude Dich umstrickt, hat Odoardo –

In diesem fürchterlichsten Augenblicke, wo alles zu seiner Vernichtung sich sammelte, hörte Maria die Tür im Nebenzimmer öffnen, ängstlich ruft sie: Um meiner Ruhe willen fort! fort! mein Vater kommt. – Hollin schlug heftig die Tür zu, niemand sah ihn bis zum Abende in der Stadt. Maria hatte sich geirrt, es war Odoardo, der zu ihr kam, wegen einiger Besorgungen für den Abend, sie konnte ihm ihren Schmerz, die ganze Gewalt der doppelt erwachten Liebe, die Verräterei des Geliebten, die Hoffnung ihn gerechtfertigt zu sehn, die ihr das feste Zutrauen seiner Rede gegeben, ihre erwachte Furcht ihm wohl gar unrecht getan zu haben, einen Teil ihres Elends nicht verbergen, sie wußte, er sei ein sehr edler Mann und sein alter Freund. Odoardo, freudig und verwundert über die Ankunft seines Freundes, versicherte ihr heilig, alle jene Untreue sei schändliche Verleumdung, alles Mißverständnis lasse sich leicht heben, er wolle gleich zu Hollin eilen, ihn versöhnen. Maria glaubte, was sie im Herzen immer gern geglaubt hätte, sie weinte Tränen der Reue, zum Glück war Vater und Mutter beschäftigt, sie lag in dem überraschenden Wechsel zwischen Elend und Seligkeit, *sprachlos und bewußtlos in Odoardo's Armen*, der gern zu seinem Freunde geeilt wäre, wenn sie nicht seiner Hülfe bedurft hätte. In diesem Augenblicke ist Hollin an ihrer Tür gewesen, ach sie bemerkten ihn nicht in der Freude! Bald dankte sie Odoardo für die Errettung mehr als ihres Lebens. Er mußte ihr die Briefe bringen, – welch süßes Geschäft sie zu lesen! Auch der Freund Hollin's fand in diesen Stunden Gelegenheit jenen letzten Brief aus B. ihr zu übergeben, sie war in Wonne und Freude verloren; ach es war das letzte Aufleben, die plötzliche Eßlust, der letzte klare Sinn der Kranken vor ihrem Tode! – Odoardo eilte in alle Wirtshäuser der Stadt ohne etwas von Hollin zu hören, weil er vor der Stadt in der Herberge geblieben war. Ihm ahndete ein Unglück und er durchstrich die Gegend, aber vergebens. –

Hollin scheint indessen weit umher gewesen zu sein. Wenn Du in der Gegend von M. bekannt wärest, Du würdest seinen Weg wegen der vielen kleinen Bäche, die ohne Brücken zwischen liegen, nicht begreifen. Landleute sahen einen großen, schönen, fremden Mann, ganz schwarz wie er gekleidet, mit zerstörtem Blick in mehreren

Kirchen während der Nachmittagspredigt. Wahrscheinlich nachdem er die Litanei dort gehört, schrieb er mit verzogenen Buchstaben in seine Schreibtasche:

Kyrie, Eleison, Christe Eleison, ich habe euch vergeben, Halleluja dem Allerbarmer, er hat die fressende Wut eingedämmt; ich hatte es geschworen, bei der Hölle geschworen euch alle zu verbrennen, die Stadt, alles was ihr liebt, an eurer Qual, an eurem Angstgeschrei mich zu weiden, eure Sünden euch zuzurufen; in die Flammen euch zu stürzen; fort Gedanken mit deiner ganzen schmeichelnden Lieblichkeit, mich haben die Flammen, die Qualen alle der Hölle rein gebrannt – ich will fliehen, weit, weit in die Fluten des Meers. –

Nachher scheint er durch die Ermattung ruhiger geworden zu sein, später steht in der Schreibtafel:

Buhlerin, Dein Vater sollte kommen, darum mußte ich fort! fort! Deiner Ruhe wegen? Du wartetest des Buhlen, Deine wollüstigen Tränen sollten mich täuschen? Worte hattet ihr nicht, wehe euch vor dem Weltgerichte, ich sah durch die aufgeschlagene Tür eure sündige Umarmung! Liebe, noch wachst Du in mir mit allen deinen Qualen, mit allen deinen Himmeln; die Fürsprecherin! Odoardo, Du bist unschuldig, eine Umarmung in ihren Armen ist mit dem Himmelreiche nicht zu teuer bezahlt. – Noch ein Mal will ich sie sehen, sie umarmen, dann fort! fort! –

Die Zeit der Aufführung kam heran, die Zuschauer sammelten sich in dichtem Gedränge, die Symphonie hallte aus, der Vorhang rollte auf. Noch immer wartete Lenardo vergebens auf seinen Freund, dabei ärgerte er sich nicht wenig über einen großen Mann, der in einen Mantel gehüllt ohne zu antworten in einer Kulisse stand, er hätte ihn gern hinunterbringen lassen, aber alles Geräusch mußte vermieden werden. Hollin hatte ihm seine Ankunft sicher versprochen, sein Wort war sonst unverbrüchlich, doch kam er nicht, Lenardo eilte endlich in der ersten Verlegenheit seines Lebens ins Ankleidezimmer. Odoardo hatte Marien seine Angst verheimlicht, die große Gewalt, die er über sich erworben, hinderte den Verrat. Der Mann im Mantel war ihm besonders zuwider, er versicherte einen unbegreiflichen Schauder in seiner Nähe zu empfinden, dies verbreitete sich, niemand stellte sich auf die dunkle Seite, wo dieser ruhig blieb.

Der Stuart Elend rührte alle. Durch die Entdeckung der Unschuld ihres Geliebten beseligt entfaltete unsre gute Maria ihr ganzes herrliches Talent zur Kunst. Mortimer sollte bald auftreten, Lenardo stand voll Verdruß dazu bereit, da verschwand der Mann im Mantel, ein andrer Mortimer, unser Freund trat ein. Lenardo kannte ihn gleich, er ging die Früchte des gelungenen Scherzes zu ernten froh zu den Zuschauern. Unser Freund durch die Schönheit seines kräftigen Baues, durch den vorteilhaften Anzug gehoben, erregte allgemeines Aufsehen, er konnte kaum mit aller Anstrengung ein fürchterliches Rollen der Augen, die innere Wut verbergen, als er seine Verräterin, seine Geliebte mit der völligen Geistesfreiheit der Unschuld spielen sah. Sie erschrak freudig bei seinem Anblicke, die Zuschauer durch ihr Zischeln und Flüstern und Raten gaben ihm Zeit sich zu erholen und fest zu stellen. Wir hörten erst deutlich als er mit überirdischer Heiligkeit sprach:

>>Es war die Zeit des großen Kirchenfests,
Von Pilgerscharen wimmelten die Wege<<[2]

Hollin war nur gekommen, Marien noch ein Mal, zum letzten Mal zu sehen, er sah sie in aller Schönheit, in allem Glanze, mit dem ganzen Zauber der Kunst, er fühlte jetzt erst alles Treffende seiner Rolle auf sich, die Dorfkirche schien sich ihm aufzutun, die Gnade des geänderten Entschlusses. Nicht sich gehörte er mehr, er fühlte eine höhere Macht über sich, die ihn ergriff, ihn mit heiligem Schauer hinführte, gnädig leitete zum letzten, letzten Lebensende:

>>Sein Gefängnis
Sprang auf und frei auf ein Mal fühlte sich
Der Geist, des Lebens schönen Tag begrüßend.<<

Tief gerührt durch seine Heiligkeit begleitete ihn unser Blick, bis er verschwand, Odoardo und Lenardo wollten ihn sprechen, er war verschwunden. In dem Gasthause, wo auch das Theater in einem

---

[2] Maria Stuart von Schiller S. 28.

Hinterhause eingerichtet war, hatte er eine Stube gemietet, hier verschloß er sich in den Zwischenzeiten, wann er nicht mitspielte. Wahrscheinlich schrieb er mit Bleistift Schiller's schönen Spruch an die Wand unter einen gemalten Schmetterling:

»Ernst ist das Leben, heiter die Kunst.«

In seiner Schreibtasche fand ich:

So ruhig, heilig, traurig konntest Du vor mir erscheinen, Maria, meinen Blick ertragen – Du spielst im Leben auch zur Schau? Mir ward in Deinem Blick so weh und bang, die Engel und die Teufel alle schienen durch Dich losgelassen, mich zu umdrängen, mich zu fassen, die Liebe und die Rache ringen auf; die Allmacht reißt mich fort; soll durch den Tod sich Liebe lohnen, soll Liebe in dem Tode wohnen? – Der Welten Kreisbahn eilt durch Tag und Nacht, sie drängen unaufhaltsam fort und schweben in einem engen Raume; das Leben kämpft und erlöscht im Leben, bald ist die Bühne voll, es freuen alle sich des vielen Lebens, die eine Bahn strebt jedes zu durchlaufen, sie wollen alle sich ersticken – verzweifelnd bricht dem Helden selbst das Herz: Will keiner weichen, müßt ihr alle sterben. Wohl dann, ich opfre mich! Auf ewig soll ich von euch scheiden? Noch ein Mal will ich ihn, den Saum des strahlenden Gewandes küssen, noch ein Mal streb ich fest mich an den Ring der Kette anzuschließen, der mit dem ewgen Zauber an sich reißt, das heilge Band der Allnatur, das Band des Lebens und des Todes zu erfassen; der Ring zerspringt, es klingt der laute Beifallsjubel der künstlerischen Freunde, Verzweiflung packt ihn, Wut reißt geißelnd ihn durch Meer und Flut. Ha Kunst du hast gesiegt! Jetzt wirft ihn Nordwind auf die öde Felsenspitze, gefesselt liegt er und kann nichts erfassen, es schimmern über ihn die Nebel und die Gestaltung all ist fern. Noch liebevoll gibt er den wolkigen Gestalten Namen, schließt Freundschaft, Bündnis; Liebe füllt ihn, führt ihn der schwarzen Wolkenschar entgegen, die mannhaft gegen alle Winde kämpft; sie siegt und breitet die schwarzen Arme durchs Firmament und seine ganze Wölbung aus, begrüßt ihn liebevoll mit prasselndem Gedonner, sie schwebet über ihn, er hascht nach ihr, er will sie liebevoll umfangen, da schleudert sie des Blitzstrahls zackig drohende Schlangen auf ihn herab. Er lebt nicht mehr als auf dem Felsen, im Widerhall erschallt: Soll durch den Tod die Liebe lohnen, wird Liebe in dem Tode wohnen! –

Bald preist das Volk in ihren Kirchen die Vatergüte für die urgnädig abgeleitete Gefahr, für das Geschenk des milden Regens!

Zu der Unterredung mit Elisabeth ließ er einige Augenblicke auf sich warten, er schien ruhiger, aber gegen Odoardo sprach er mit furchtbarer Bitterkeit.

Leicester »Verdient ihr, Ritter, daß man euch vertraut?

Mortimer Die Frage tu' ich euch, Milord von Lester.

Leicester Ihr hattet mir was in geheim zu sagen.

Mortimer Versichert mich erst, daß ichs wagen darf.

Leicester Wer gibt mir die Versicherung für euch?
  – Laßt euch mein Mißtraun nicht beleidigen!
  Ich seh' euch zweierlei Gesichter zeigen
  An diesem Hofe – Eins darunter ist
  Notwendig falsch, doch welches ist das wahre?

Mortimer Es geht mir eben so mit euch, Graf Lester.«

Odoardo hatte es bemerkt, er wollte ihn gleich sprechen, aber die Unterredung mit Elisabeth hielt ihn auf dem Theater zurück, während Hollin schnell fortging. Wäre Odoardo wie Hollin gewesen, schnelleren Entschlusses, ohne Furcht vor Aufsehen, Hollin wäre gerettet worden. In dieser ruhigern Zwischenzeit schrieb er wahrscheinlich den kurzen, ergreifenden Abschied an Marien und Odoardo.

Dem Leben dank ich wenig Freude, der Liebe viel! Maria, Odoardo ihr gabt mir Glück, Liebe, Freundschaft, alles, was an das Leben mich band, – die Liebe ist frei, ist mächtiger denn Freundschaft – im Leben vermochte ich nimmer alles Liebe und Gute euch vergelten, vermag es mein Tod? Er kette euch fest und unveränderlich an einander, er sammle über euch alles Glück, alle Seligkeit, die eure Liebe mir verkündete, er segne euch mit allem was ihr liebt, er erleuchte euch mit jeder Weisheit des wechselnden Lebens, er behüte euch vor jeder Erinnerung an mich, er gebe euch euern Frieden in Ewigkeit. Amen.

Der dritte Akt des erregenden Spiels begann mit aller seiner Schönheit, Maria übertraf alle Erwartung. Nach der unseligen Unterredung mit Elisabeth, trat unser Mortimer mit Heftigkeit auf, er schien mit dem Leben noch zu ringen als er ausrief:

> »Was ist mir alles Leben gegen dich
> Und meine Liebe! Mag der Welten Band
> Sich lösen, eine zweite Wasserflut
> Herwogend alles Atmende verschlingen!
> – Ich achte nichts mehr! Eh' ich dir entsage,
> Eh' nahe sich das Ende aller Tage.«

Maria »Gott! Welche Sprache Sir, und – welche Blicke!
> – Sie schrecken, sie verscheuchen mich.«

Mortimer »Das Leben ist
> Nur ein Moment, der Tod ist auch nur einer!
> – Man schleife mich nach Tyburn, Glied für Glied
> Zerreiße man mit glühnder Eisenzange,
> Wenn ich dich, Heißgeliebte, umfange« –
> *Er umarmt sie.*

Maria »Unsinniger, zurück –

Mortimer An dieser Brust,
> Auf diesem Liebe atmenden Munde« –

Maria »Um Gotteswillen, Sir! Laßt mich hinein gehn![3] «

---

[3] Maria Stuart S. 143.

Du mußt die Szene ganz lesen, um alle Qualen zu fühlen, die sich
auf die letzte Stunde des Unglücklichen häuften. Die Liebeswut, die
erwachende Erinnerung jener glücklichen Tage, jener Tage der ersten Liebe, der Schreck Mariens über die heftige Spannung, ihre
Furcht, er möchte sich und ihr Geheimnis verraten, die Gewalt mit
der er den Sessel in die Kulissen warf, der sie trennte, mit der er sie
an sich drückte, das Schreckliche zögernd Scheidende der Umarmung, alles riß unwiderstehlich hin. Was ist alle Schauspielkunst
gegen die schreckliche Wahrheit dieser Darstellung, alle waren
beklommen, es schien etwas Grausenvolles sich zu entwickeln,
keiner wagte es dem andern zu verraten, allen klopfte das Herz.
Maria fühlte Wonne reiner Liebe, Odoardo wurde immer ruhiger,
da sein Freund alle Einzelnheiten der Rolle, genau nach der Vorschrift des Dichters, wie ein freies Gemüt darstellte. Unselige Ver-
blendung! In der Zwischenzeit bis zu seinem letzten Auftritte blieb
Hollin auf dem Theater, trat aber so weit in der Kulisse vor, daß
niemand ohne Aufsehen mit ihm reden konnte, er selbst machte
dadurch schon ein Gerede. – Lies die Unterredung zwischen Lester
und Mortimer, den schrecklichen Verrat Lesters, den Edelmut Mor-
timers, hier schien sich Leben und Spiel zu verbinden, ineinander
<zu> greifen, unwiderstehlich einander fortzuziehen, kein Ausweg,
keine Flucht ist möglich, Maria liebt Lester, Lester verrät ihn, beide
rettet er nur durch seinen Tod.

Mortimer »Ha, Schändlicher – Doch ich verdiene das!
    Wer hieß mich auch dem Elenden vertrauen?
    Weg über meinen Nacken schreitet er,
    Mein Fall muß ihm die Rettungsbrücke bauen. –
    – So rette dich! Verschlossen bleibt mein Mund,
    Ich will dich nicht in mein Verderben flechten.
    Auch nicht im Tode mag ich deinen Bund,
    Das Leben ist das einz'ge Gut des Schlechten.«
    Zu dem Offizier der Wache.
    Was willst du, feiler Sklav der Tyrannei?
    Ich spotte deiner, ich bin frei!
    Einen Dolch ziehend.

Offizier Er ist bewehrt – Entreißt ihm seinen Dolch.
Er erwehrt sich der Eindringenden.

Mortimer »Und frei im letzten Augenblicke soll
Mein Herz sich öffnen, meine Zunge lösen!
Fluch und Verderben euch, die ihren Gott
Und ihre wahre Königin verraten!
Die von der irdischen Maria sich
Treulos, wie von der himmlischen gewendet,
Sich dieser Bastardkönigin verkauft« –

Offizier »Hört ihr die Lästrung! Auf! Ergreifet ihn.«

Mortimer »Geliebte! – Nicht erretten konnt' ich dich,
So will ich dir ein männlich Beispiel geben.
Maria, heilge, bitt' für mich!
Und nimm mich zu dir in dein himmlisch Leben!«
*Er durchsticht sich mit dem Dolch und fällt der Wache in die Ar-
me.*[4]

Laut auf riefen alle Beifall, wir klatschten in der Begeisterung, riefen Bravo, da ruft einer aus der Wache, die ihn trägt: Jesus Maria! er
zuckt fürchterlich und ist voll Blut!

Entsetzen überfällt alle, lähmt alle, nur Maria in dem glücklichen
Wahne, alles sei zur Täuschung, wagt es hinzublicken. Hollin blickt
auf und winkt ihr sich zu nähern, Maria, Odoardo alle umringen
ihn voll Schrecken. Er sagt fest: Meine Lebensaugenblicke sind nur
wenige, ich darf keinen verlieren zu unsrer Ruhe! Maria stürzt bewußtlos nieder, dann erwacht sie ohne Besinnung. Hollin legte ihre
Hand in Odoardo's Hand: Seid glücklich, ich habe eure Liebe erfahren, eure Umarmung gesehen, ich sterbe nicht durch euch, nicht für
euch, das Leben war mir längst verhaßt! Er griff in diesem Augenblicke nach dem Dolche, Odoardo hielt ihn ohne Absicht, daß er ihn
nicht hinausziehen konnte; auch noch die Qual des unnütz geopfer-
ten Lebens, des vernichteten Glücks sollte er durch ihn erfahren.
Odoardo schrie fürchterlich, beteuerte seine Unschuld, Mariens
Liebe, rief nach Chirurgen. Maria erwachte, beschwor ihn mit dem

---

[4] Maria Stuart S. 162-164

Ausdrucke des rasenden Schmerzens, bei der Hoffnung Mutter zu werden, die sie ihm verschwiegen, für sie, für sein Kind zu leben! Es entwickelte sich der ganze schreckliche Irrtum, sein Zutrauen, seine Liebe und Freundschaft kehrten wieder mit der tiefen Trauer des Scheidens. Bald sammelte er sich und schien über die Leidenschaften, Neigungen, über alle Verhängnisse der Menschen zu schweben, er sprach herrlich, ich war zu betrübt, zu erstarrt, niemand hat mir seine Worte wiederholen können, alle sagten, er habe sie getröstet, der das höchste Glück von Jahren auf Augenblicke sich verkürzt hatte, selbst Maria und Odoardo schienen seine Bitte zu erfüllen, ihn nicht zu betrauern, da es nicht in seiner Macht gewesen, unter ihnen zu weilen. Es war etwas Übermenschliches in seinem Troste. Es kam ein Prediger und Chirurgen. Er winkte dem Prediger, ergriff Mariens Hand und sagte: Vereinigen sie uns, es ist die letzte Bitte eines Sterbenden. Der Prediger, ohne sich mit den bürgerlichen Gesetzen Umstände zu machen, wechselte die Ringe und sprach: Was Gott zusammengefügt, soll der Mensch nicht trennen. Amen sagten alle. Die Chirurgen näherten sich, sie gaben keine Hoffnung. Er zog mit der letzten Kraft den Dolch aus der Wunde, küßte die hinsinkende Maria, sagte leise aber freudig zu Odoardo: Sorge für sie – der Liebe Leben – ewig! Das Blut strömte heftig aus der Wunde, sein Kopf sank nieder – er war tot.

Maria drückte ihm in der schrecklichen Fühllosigkeit des unsäglichen Schmerzens die Augen zu, Odoardo mußte sie gewaltsam von der Leiche wegreißen. Er grub seinem Freunde ein Grab außer der Kirchhofsmauer im Flugsande. Maria starb eine Woche später in der frühzeitigen Geburt. Auch sie begrub er außer der Kirchhofsmauer neben ihm und das Kind zwischen ihnen und alle Rosen und andre süße Erinnerungen ihrer Liebe.

Nachdem er alles was er liebte begraben, ging er in ein Kloster. Sein böses Schicksal ging nicht mit ihm ein, er verlor Gedächtnis und Erinnerung und wurde froh wie ein Kind.

Beilage

Erinnerung an
Horace Benedikt von Saussure[5]

Aus Odoardo's Papieren.

Viele brave Männer erweiterten ihr Gemüt zu dem einzelnen großen Wirkungskreise ihres Lebens, wenige haben den Sinn des wahrhaft großen Lebens, in dem auch der beschränkteste Wirkungskreis groß wird. Das Beispiel jener mag den Einzelnen stärken, das Beispiel dieser könnte allen fruchten, weil alle darnach streben sollten. –

Nicht dem Naturforscher allein sei Saussure's Andenken heilig. Für ihn wäre es Verkleinerung, in dieser einzelnen, abgesonderten, wenn gleich ausgezeichneten Wirksamkeit ihn zu betrachten; sein Leben ist groß weil es ein Ganzes war. Mag auch in jedem einzelnen Momente, im Gelehrten der reine Enthusiasmus des schöneren Lebens, im Bürger der freie, scharfe Blick, das rastlose Weiterstreben des Gelehrten sich offenbaren, immer verschwindet uns das Höhere, was beide verband und mehr gilt als beide, die Einheit und das Konzentrische beider Wirkungskreise, worin sie verbunden und ohne Störung und Aufenthalt durch einander sich fortbewegen.

Saussure's Schriften haben die allgemeine Bewunderung durch Neuheit der Empfindung und tiefe Klarheit erhalten, er selbst tritt aus dem Haufen der Schriftsteller hervor und empfiehlt sich unsrer besondern Liebe als Bürger der politischen wie der gelehrten Welt, als Lehrer und Freund, als Gatte und Vater allseitig ausgezeichnet und gut. Vielleicht gibt es überhaupt kein einseitiges Talent, aber oft finden wir eine einseitige Ausbildung; das Talent, die Anlage verwischt sich und erstirbt eigentlich nie, aber das Bilden, der Enthusiasmus erlöscht oft schon in der ersten Befriedigung. Saussure war allseitig gebildet, war ohne Unterbrechung wirksam, nützlich und erfindend bis zum letzten Augenblicke. Nur wenn diese höhere Spannung geistiger Tätigkeit erschlafft, nimmt der Spieler wahr, daß seine Töne einst hell und ungemein hell erklangen, – so kam es, daß er seinen weiten hellen Blick wenig kannte, daß er in sich nur

---

[5] Die Facta zu dieser Biographie sind außer Saussure's eignen Werken aus dem Mémoire historique sur la vie et les écrits de Horace Benedict Desaussure par Jean Sennebier. A Genève an IX. und aus der Notice sur la vie et les ouvrages de Desaussure par Decandolle Decade philosoph. an 7. no. 5. p. 327–330.

das Erworbene, den Fleiß, den Mut in Gefahren und die sichere Zuversicht zu der Natur schätzte. Unsrer aber ist es würdig sein hohes Talent in der ununterbrochenen Erscheinung seines tätigen Lebens aufzufassen und zu bewundern.

Frei im freien Vaterlande[6] geboren, erzog ihn seine treffliche Mutter[7] in Liebe ohne Vorliebe, durch Übung und Abhärtung des Körpers, wie die Natur des Kindes es fordert in wohltätig geleiteter Tätigkeit. Nicht den Mut allein in Ertragung seiner künftigen Reisebeschwerden, die ganze feste Ausdauer bis zum erreichten Ziele dankte er dieser frühen Gewöhnung. Er ward groß und wohlgebildet, sein heitres Angesicht zeigte den regen Ausdruck jeder Empfindung, sein offenes Innere, sein Blick war lebhaft, durchdringend und zutraulich, sein Ausdruck herrlich und erfreulich; – und so blieb er unverändert, als Jüngling geliebt, als Greis verehrt.

Früh trieb ihn nach den Bergen, nach dem Saleve besonders, an dessen Fuße er wohnte, eine heiße Sehnsucht, gleichsam ein Vorgefühl der neuen Welt, die ihm einst dort aufgehen sollte. Die erste Untersuchung bestimmt gewöhnlich schon die letzte, eben weil der einzelne Versuch, der erste einzelne Eingriff in das Universum nur in der Entwickelung des Ganzen sich ganz erklärt, nur in der Auffindung des großen Triebwerks das aufgehaltene Leben fortbewegt werden kann. Auch im längsten Leben, wer könnte die Natur ganz umfassen, darum ahndet, dichtet das Genie seinen Weg früher als es ihn sieht und ihm folgt, es weiß wohl, daß die Natur sich ihm früh oder nie offenbart, den Enthusiasmus anregt, daß die Natur auch im Dunkel der keimenden Gedanken nicht täuscht, sondern mit ihm im ewigen treuen Bunde steht.

In Jugendkenntnissen machte er schnelle Fortschritte, der Lesepreis wurde ihm im sechsten Jahre zuerkannt, auch in allen übrigen war er ungeachtet seiner Liebe zur Jagd und zur Poesie[8] , einer der ersten in der Schule. Das hohe Glück, früh wahre Freundschaft erwidert zu finden, erleuchtete ihn mit dem heiligen Feuer, das es

---

[6] Zu Genf den 17. Febr. 1740. Sein Vater ist durch mehrere landwirtschaftliche Schriften bekannt.

[7] Geborne Renée Delarive.

[8] Sennebier p. 10.

nur in reinen Gemütern entzündet. Pictet, Jallabert, Bonnet, sein Oheim, und Haller durch ihre Freundschaft und das Anregende der Geistesgröße bildeten in ihm einen Kreis, von der Natur und Philosophie zusammengesetzt, seiner wissenschaftlichen Ausbildung wie seinem Gefühle gleich erfreulich. Bonnet und Haller machten ihm die Botanik wert, doch blieb er nicht bei der Systemnomenklatur stehen, sondern erhob sich zur Physiologie, glücklich sogar in mancher Entdeckung, zog ihn doch das höhere Interesse bald davon ab, und nur in einzelnen kurzen Perioden, noch während der Schwäche seiner letzten Tage kam er darauf zurück.

Mächtiger zogen ihn wieder die Berge zu sich hin. Eine alte Sage hatte die unbekannten Gletscher von Chamouny als ein Feenland dargestellt, man nannte sie die behexten Berge und erzählte sich schreckliche Geschichten davon.[9] Saussure eilte im zwanzigsten Jahre dahin, aber die versprochenen Wunder verwandeln sich ihm in Aufgaben seiner künftigen Beobachtungen, in merkwürdige Naturerscheinungen, die beschränkte, abergläubige Dichtung wurde ihm in eine dauernde Aussicht in das Innere der dichtenden Natur herrlich aufgelöst.

Die Professur der Philosophie, welche er, nur durch Kenntnis nicht durch Alter, (im Jahre 1762) an der hohen Schule zu Genf erhielt, gab ihm früh einen großen, angemessenen Wirkungskreis. Das beste Lob seines Unterrichts sind seine Schüler (die beiden Pictet, Trembley, Prevost, L'Huillier, Argand, Odier, Butini, Vieusseux, Jurine, Vaucher u. a. m.). Einzig der Wahrheit geweiht nahm er mit Vergnügen die Gegenerinnerungen seiner Schüler auf, berichtigte sich wo er im Irrtume sich glaubte und zeigte selbst öffentlich den Verbesserer an. Er lehrte viel, darum mußte er von allem lernen. Noch kein Jahr war unter dieser Anstrengung verstrichen, als die Liebe zu einer Genferin, Albertine Amalie Boissier, und die Weigerung ihres Vaters sie zu vereinigen, leicht alle Blüten des jugendlichen Geistes zerstört hätte. Dem reinen Enthusiasmus für Wissenschaft und Kunst konnte diese Sehnsucht keine höhere Entwickelung geben: diese ist beschränkt und hoffnungslos, jener muß unbegrenzt und voll Zutrauen fortstreben. Auch Saussur'n beugte sie tief; alle Hoffnungen, alle Wünsche seines vorigen Lebens ausge-

---

[9] Sennebier p. 17.

storben, die Trauer um diese verlorne innre aus sich selbst schaffende Welt in seiner Brust, um sich der Ruf der Natur, die ihn mahnt und frägt, ihn, ihren Liebling und Freund; aber das bürgerliche Leben hat sich kalt und unfreundlich zwischen ihnen geworfen und gestört ist die Harmonie seiner Wünsche, die Natur zerfällt ihm in Kampf, aufgehoben ist der ewige Wechsel, das Wachsen und Bilden, alles ist fest und unwandelbar und doch flieht alles ohne Eindruck vorüber. In diesem entscheidenden Wendepunkte seines Lebens war er gezwungen ein neues Studium anzufangen, die Logik öffentlich vorzutragen. Dieser Gegensatz einer unbefriedigten Sehnsucht mit der beschränktesten Befriedigung einer Formphilosophie wirkte vorteilhafter auf jene als auf diese; er verwandelte sie in Beobachtungen über Physiologie und Psychologie. Wie hinreißend mußte er, der Kenner der Natur, das Herz des Jünglings, was er so schmerzhaft fühlte, rühren und ergreifen. Sennebier[10] sagt, daß Jünglinge, welche dieses Studium als leer und unfreundlich sonst verachtet, mit Eifer ihn hörten – doch unglücklich der Schauspieler, dessen zerstörte Natur den aufgehaltenen Pulsschlag der Seele in jeder schmerzhaften Empfindung nicht darstellt, nicht nachspricht, sondern aus sich selbst hervorblicken läßt!

Nach zwei trauervollen Jahren[11] verband ihn die Ehe mit seiner Geliebten; die Sehnsucht erlischt, die Bestimmung seines Lebens liegt klar vor ihm, Tätigkeit und Heiterkeit des Sinns eröffnen ihm eine neue Periode. Zwei Tage nach seiner Vermählung während der Feste einer Doppelheirat bei der Familie hört er, daß der Sohn seiner Amme zu La-Roche als Deserteur gefangen und zum Tode verurteilt worden. Er eilt dahin, ohne Abschied nehmen zu können, kommt im Augenblicke der Vollziehung zu den versammelten Richtern, ergreift den Augenblick, das hohe Feuer seiner Rede teilt sich ihnen mit, sie verschieben die Vollziehung, und der Unglückliche ist gerettet. Ein solcher Mann wurde gefordert, um allen Annehmlichkeiten eines glücklichen Familienkreises zu entsagen, jährlich in steten Lebensgefahren und Beschwerden auf den Alpen dem höheren Interesse für Wissenschaft treu zu bleiben. Nur Krankheit oder Reisen konnten seine jährliche Alpenreise verhindern. Sein

---

[10] S. 31.

[11] Im Jahre 1765. Sennebier S. 3

Leben ist von hier an eine stete Reise, so wie es den gewöhnlichen Menschen hier schon Stilleben wird.

Er durchreiste Frankreich[12] , Holland und England; ununterbrochen mit Naturgeschichte, Physik und Chemie beschäftigt, hörte er die Vorlesungen Petit's, Rouelle's und Jussieu's, doch war ihm bei seiner Ausbreitung von Kenntnissen jede andre Beobachtung über die Menschen und ihre Beschäftigungen wichtig. Seine Gesundheit hatte unter der steten Anstrengung gelitten, häufiges Halsweh beschwerte ihn und seine Ärzte riefen ihn nach der wärmeren Luft Italiens.[13] Mit dieser Reise beginnt seine eigentliche und hauptsächliche Einwirkung auf die Wissenschaften in der Entdeckung einer neuen Methode ihrer Bearbeitung. Man wundert sich wie in Saussure's Werken eine Menge von Untersuchungen an seine Reisen sich knüpfen, die eigentlich völlig unabhängig davon in der Ruhe gedacht und ausgeführt werden konnten; noch mehr wundert man sich aber, wenn Männer von gleich tätiger Kraft, unter eben so günstigen Umständen, in der Ruhe einer ununterbrochenen Nachforschung, sie nicht aufnahmen, weder anfingen noch beendigten. Der Grund scheint darin zu liegen, daß ein bestimmtes Fortrücken der Spekulation eine bestimmte äußere Veranlassung haben muß, nicht bloß in dem Sinne wie auch Dichterwerke erfrischend auf die Übung wissenschaftlicher Tätigkeit wirken, sondern viel unmittelbarer. Es war einmal unter den Gelehrten die Frage, ob der fallende Apfel, woran Newton zuerst das Verhältnis der Materien gegen einander klar geworden sein soll, jedem dieses Verhältnis entdeckt hätte? Aber *diesen* Apfel und *diesen* Fall und aus dem Standpunkte konnte nur *dieser* Newton ihn sehen. Dies auf Saussure angewendet, so nenne ich ihn den Schöpfer der Kunst Veranlassung zu finden, mit andern Worten, nicht bloß zu reisen um Beobachtungen zu machen, die nur Reisen darbieten können, sondern in den Reisen, in dem steten Wechsel des Äußern, die Veranlassung zur Spekulation zu suchen. Ein neuer Beweis, das Tun des vielwirkenden Mannes zeichne sich eben darin aus, daß es uns oft wichtiger scheint worauf er hindeutete, als was er beendigt und vollendet uns zurückließ. Zu diesen wichtigen, aber unerfüllten Plänen Saussure's gehörte die

---

[12] Im Jahr 1768.

[13] Im Jahre 1772.

Verbesserung der öffentlichen Jugenderziehung in Genf. Vielleicht in künftigen Jahrhunderten, wenn kein Stolz über das schon Geleistete, über die Männer, die nach alter Art erzogen, doch gediehen, kein Vorurteil, das Alter heilige das Falsche, der Ausführung entgegensteht, vielleicht wird man dann ihn würdigen und bewundern lernen. Liebe zum Staate, Zuversicht zu seiner Fortdauer, frohe Aufopferung des individuellen gegen das allgemeine Beste wird nur durch öffentliche Staatserziehung erreicht, selbst die sorgfältigere Erziehung des Einzelnen ist ihm nicht immer, dem Staate nie wohltätig. Was Saussure bei der Erziehung seiner Kinder gelernt dies dem Ganzen fruchten zu lassen, hielt er für heilige Pflicht. Er sann darauf den Wurmstich aller neuern Kultur, die Trennung der Spekulation vom Leben, das Historische ohne Glauben, das Kennen ohne Wissen in seinem Ursprunge auszurotten, alles Wissen sollte jedem entstehen, keiner sollte kennen lernen was nun schon aus Herkommen ein Lehrer dem andern nachsprach, alle Kenntnis sollte bloß durch Anleitung, durch Anregung und Aufmunterung aus der Erfahrung selbst, aus ihrem Ganzen mit Bewußtsein herausgehoben, im unbefangenen jugendlichen Sinne hervorgehen. Dem Widerspruche setzte er Widerlegung entgegen, aber den Starrsinn konnte er nicht besiegen.

Eben so tätig für das äußere öffentliche Wohl des Staats ermunterte er Fleiß und Betriebsamkeit der Manufakturen durch Stiftung einer Gesellschaft für Künste[14] , als Vereinigungspunkt des Gelehrten mit dem Arbeiter, der Theorie und Praxis. Er selbst, als Vorsteher derselben, erfüllte mit Treue die beschwerlichsten Aufträge.[15] Als Mitglied des Rats in verschiedenen Zeiten rühmt man seine Klugheit in Vorschlägen, seine Festigkeit in der Ausführung.

An seine Verdienste um die Erweiterung unserer Wissenschaft im Einzelnen zu erinnern, würde eine Wiederholung seiner Werke fordern. Er gehörte zu den wenigen Schriftstellern, die nur schrieben wenn sie etwas Eignes mitteilen wollten und dessen ungeachtet zu denen Beobachtern, die jede neue Entdeckung auffassen und

---

[14] Im Jahr 1776. Sennebier p. 83.

[15] Sennebier (p. 120. u. 122.) erwähnt nur zweier Arbeiten einzeln, eines Instruments die Härte der Körper zu messen und einer Windmühle mit Flügeln, denen heftige Windstöße nicht schaden.

weiter verfolgen können, ohne das Alte in seinem Verhältnisse dazu zu übersehen. Aber noch mehr, sein Hauptwerk über Hygrometrie ist nicht bloß in der Neuheit der Erfindung, welche eine Wissenschaft plötzlich anfing und in gewissem Sinne durch die Kraft der Begeisterung, die nur in der Erreichung ruht, beendigte, sondern als treffliche wissenschaftliche Darstellung unerreicht. Seine Reisen, man sollte glauben nur Bruchstücke verschiedener Untersuchungen, erscheinen doch der genaueren Beobachtung als etwas Beendigtes, es wird der Blick, der noch findet wo andere früher suchten, selbst den Unkundigen aufmuntern. Eine genauere Betrachtung verdient seine Streitschrift gegen de Lüc, Chiminello und Jean Baptiste, weil sie selbst von seinen Freunden verkannt worden. Sennebier[16] nennt sie allzuheftig, aber wahrlich nicht zu heftig und nicht zu ruhig ist sie, sondern ganz wie jede wissenschaftliche Untersuchung sein sollte, durchaus rein von allem Persönlichen, aber durchaus ohne Schonung gegen jede Anmaßung und jeden Irrtum in der Sache. War er in der Untersuchung gegen andere streng, so war er gegen sich noch strenger; den fremden Irrtum besserte er oft ungenannt, den eignen verschwieg er nie. Seine geologischen Beobachtungen, der Hauptreiz seines Lebens, zeichnen sich bei ihrer Neuheit durch Unbefangenheit und Freiheit vom Hypothetischen aus.

Daß er nie ein System der Geologie, ungeachtet dieses Reichtums an Beobachtungen, entworfen, beweist uns daß er wußte, *worauf* es in einem solchen Systeme ankomme, und noch nicht System genannt hätte, was gemeinhin so genannt wird. Die Zukunft, welche alles vereinigt was jetzt getrennt liegt, wird doch nur auf seinen Spuren dahin gelangen, und diese wird auf der höchsten Höhe sie noch nicht verlassen.

Nach vielen Jahren mühevoller Anstrengung erreichte er, wonach eine unerklärliche Sehnsucht seiner Jugend ihn unaufhaltsam getrieben, den Gipfel Europens, den Montblanc.[17] Hier in der Freude der belohnten Anstrengung, umringt vom stillwirkenden Winter, wo Minuten in dem Andrange aller Reize die Kraft von Lebensjahren erschöpfen, hier entwickelten sich ihm klar die Aufgaben seines

---

[16] S. 95.

[17] Im Jahre 1787.

künftigen Lebens, die kühnen Arbeiten seiner späteren Jahre. Vielleicht hätten wir diese seine späteren Beobachtungen nie von ihm selbst dargestellt erhalten, jeder Aufenthalt im Fortschreiten ist je schneller der Lauf, je näher das Ziel desto unangenehmer, aber ein Schlagfluß lähmte[18] ihn, bürgerliche Unruhen raubten ihm sein Vermögen und mehr als dies bekümmerte ihn der Zustand des sinkenden Vaterlandes. Diese Unfälle beschränkten seine fortschreitende Tätigkeit, um so ungestörter konnte er auf das Vergangene zurücksehen. Noch in den Bädern von Plombieres ließ er sich Probestücke von denen Felsen bringen, wohin aus dem Krankenzimmer sein Auge sehnsuchtsvoll blickte.

Aber er beendigte noch mehr, indem er zeigte[19] , wo angefangen werden sollte, den Punkt, wo er abgerufen, das Unaufgelöste des Problems, was ihm die Natur bei seiner Weihe aufgab, nicht bloß als Beistand dem beschränkteren Talente, das zwar Lücken zu füllen aber nicht zu finden versteht, sondern jedem wohltätig der auf einem weiten Wege gern Umwege vermeidet. Sein älterer Sohn nahm diesen Faden auf, in dessen Geiste sein biedrer Sinn und die Liebe zur Naturforschung sich vererbte. So konnte er heiter der Zeiten Fesseln entschwinden, das Gebildete erlischt, die Bildung nie.

Sein Todestag war in Genf ein Tag öffentlicher Trauer. Und war es wohl zuviel, was ich von ihm verkündete, sein Leben sei ein harmonisches Ganzes und doch der Keim unendlicher Entwickelung gewesen? Blicken wir noch ein Mal umher, wo ist Störung oder Verirrung der Kraft, wo Rückgang oder Widerspruch in Wort und Tat? Alles im Einzelnen ist gut, alles verbunden ist groß.

---

[18] Im Jahre 1794.

[19] In seinen Agendis im achten Teile der Reisen, übersetzt in Von Moll's Jahrbüchern für Berg- und Hüttenkunde.

Über tredition

Eigenes Buch veröffentlichen

tredition wurde 2006 in Hamburg gegründet und hat seither mehrere tausend Buchtitel veröffentlicht. Autoren veröffentlichen in wenigen leichten Schritten gedruckte Bücher, e-Books und audio-Books. tredition hat das Ziel, die beste und fairste Veröffentlichungsmöglichkeit für Autoren zu bieten.

tredition wurde mit der Erkenntnis gegründet, dass nur etwa jedes 200. bei Verlagen eingereichte Manuskript veröffentlicht wird. Dabei hat jedes Buch seinen Markt, also seine Leser. tredition sorgt dafür, dass für jedes Buch die Leserschaft auch erreicht wird.

Im einzigartigen Literatur-Netzwerk von tredition bieten zahlreiche Literatur-Partner (das sind Lektoren, Übersetzer, Hörbuchsprecher und Illustratoren) ihre Dienstleistung an, um Manuskripte zu verbessern oder die Vielfalt zu erhöhen. Autoren vereinbaren direkt mit den Literatur-Partnern die Konditionen ihrer Zusammenarbeit und partizipieren gemeinsam am Erfolg des Buches.

Das gesamte Verlagsprogramm von tredition ist bei allen stationären Buchhandlungen und Online-Buchhändlern wie z. B. Amazon erhältlich. e-Books stehen bei den führenden Online-Portalen (z. B. iBookstore von Apple oder Kindle von Amazon) zum Verkauf.

Einfach leicht ein Buch veröffentlichen: **www.tredition.de**

Eigene Buchreihe oder eigenen Verlag gründen

Seit 2009 bietet tredition sein Verlagskonzept auch als sogenanntes "White-Label" an. Das bedeutet, dass andere Unternehmen, Institutionen und Personen risikofrei und unkompliziert selbst zum Herausgeber von Büchern und Buchreihen unter eigener Marke werden können. tredition übernimmt dabei das komplette Herstellungs- und Distributionsrisiko.

Zahlreiche Zeitschriften-, Zeitungs- und Buchverlage, Universitäten, Forschungseinrichtungen u.v.m. nutzen diese Dienstleistung von tredition, um unter eigener Marke ohne Risiko Bücher zu verlegen.

Alle Informationen im Internet: **www.tredition.de/fuer-verlage**

tredition wurde mit mehreren Innovationspreisen ausgezeichnet, u. a. mit dem Webfuture Award und dem Innovationspreis der Buch Digitale.

tredition ist Mitglied im Börsenverein des Deutschen Buchhandels.

Dieses Werk elektronisch lesen

Dieses Werk ist Teil der Gutenberg-DE Edition DVD. Diese enthält das komplette Archiv des Projekt Gutenberg-DE. Die DVD ist im Internet erhältlich auf **http://gutenbergshop.abc.de**